冴えない僕が君の部屋でシている事をクラスメイトは誰も知らない3

ヤマモトタケシ

角川スニーカー文庫

23613

3
冴えない僕が
君の部屋でシている事を
クラスメイトは誰も知らない

遠山？起きてる？
……大好きだよ

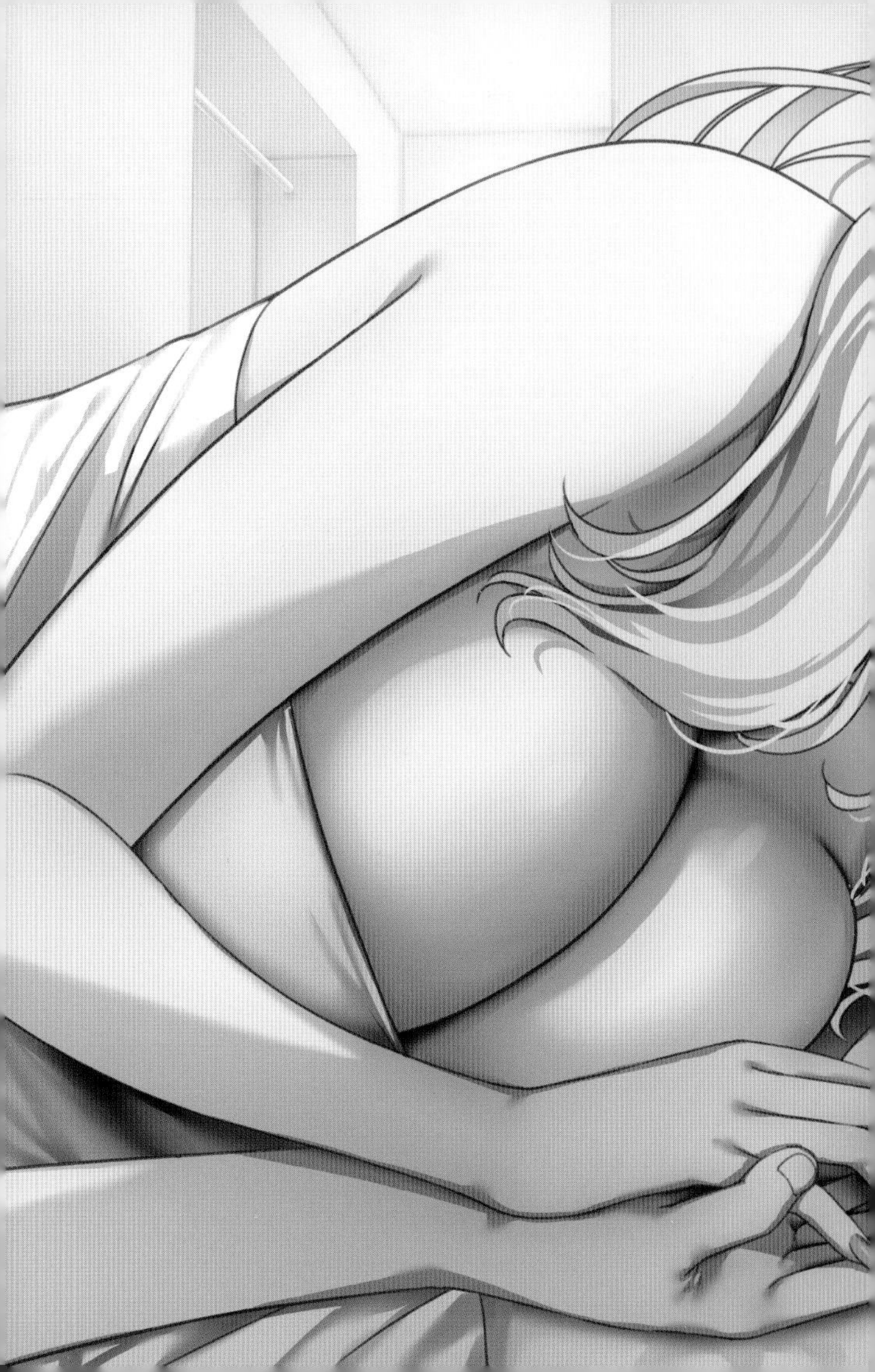

SERVICE!!!!!

I am boring, but my classmates do not know
what I am doing in your room.

CONTENTS

本文イラスト:アサヒナヒカゲ　デザイン:AFTERGLOW

CHARACTER

I am boring, but my classmates do not know
what I am doing in your room.

遠山佑希【とおやま　ゆうき】

ボッチ気質の陰キャ主人公。読書が趣味で
一見大人しく見えるが意外と気が強い。高井との関係を
上原に知られることになり、決断を迫られる時が来ている。

高井柚実【たかい　ゆみ】

主人公のセフレで図書室の住人。上原への対抗心から
髪の毛を切り、イメチェンし清楚可憐な美少女になる。
家族との確執も解決し、上原に遠山との関係を告白する。

上原麻里花【うえはら　まりか】

見た目華やかで性格は極めて良くクラスで一番人気。
主人公に元々好意を抱いていたが誹謗中傷から救ってもらったのが
キッカケで、より遠山に対しての想いを募らせる。
高井から遠山との関係を聞かされるが、それでも諦めずに
遠山を一途に想い続ける。

高井伶奈【たかい　れな】

高井柚実の姉。自由奔放な性格でモデルもしている容姿端麗で
頭も良い完璧美人。妹と正反対の性格で
社交的でコミュニケーション能力に優れ幼少の頃から人気者。

沖田千尋【おきた　ちひろ】

主人公の親友。小柄で一見女子に見える美少年。
人を疑うなど他人を悪く思ったりしないピュアな性格。

遠山菜希【とおやま　なつき】

主人公の妹。ややブラコン気味で言動が変わっている。

相沢美香【あいざわ　みか】

上原、高井の親友。見た目は中学生だが姉御肌で頼りになる。
観察眼に優れ相手の心の機微に敏感で思いやりがある。

藤森加奈子【ふじもり　かなこ】

高井柚実のアルバイト先の女子高生スタッフ。
ギャルっぽい見た目に反して読書家で、高井の良き相談相手。

青木達也【あおき　たつや】

高井柚実のアルバイト先の爽やか系イケメン大学生スタッフ。
高井柚実に告白するが振られる。

第一話　図書館デート

I am boring, but my classmates do not know what I am doing in your room.

　高井《たかい》が上原《うえはら》に真実を告白してから、数日が経《た》った夏休みの午後、遠山《とおやま》は部屋で暇を持て余していた。

「お兄ちゃん、せっかくの夏休みなんだから、ダラダラしてないで高井先輩とデートでもしてきたら？」

　夏休みにどこへも行かず、毎日家でゴロゴロしている遠山を見かねた菜希《なつき》は、机の椅子に腰かけ悠長なことを言ってくる。上原ではなく高井とのデートを菜希が薦めてくるのは、個人的に高井と仲良くしていて、好意的に思っているからだろう。逆に上原に対してはなぜか敵対心を燃やしているのか、会う度に何かと突っかかっている。

「そうは言ってもな……お金もないし、それに――」

「それに？」

　言いかけた言葉を呑《の》み込んだ遠山に、菜希は続きを促した。

「いや……なんでもない」

「そこまで言われると気になるから、最後まで言ってよ。それとも何か言えないようなことがあったとか？」

「……」

「せっかく可愛《かわい》い妹が話を聞いてあげる、って言ってるのになぁ。話だけでも聞いてあげるよ？」

菜希がどことなく元気のない兄を気遣っているのは、遠山自身も分かってはいるものの、内容が内容なだけに話すことを躊躇《ちゆうちよ》していた。

「ほら、言っちゃいなよ。スッキリするかもよ？」

菜希は茶化《ちやか》すでもなく真剣な面持ちで遠山の目を見つめた。

「実は――」

遠山は真剣な妹の表情を見て話し始める。しかし、高井と肉体関係にあることを、中学生の妹に話すことは躊躇《ためら》われたため、全てを話すには至らなかった。

「それにしても……あのお兄ちゃんが二人の美女から好意を持たれてるだけじゃなくて、二股まで掛けてるなんて驚きのひと言だよ」

「二股とは人聞きが悪いな……どちらとも正式に付き合ってる――」

遠山は言いかけた「付き合ってるわけじゃない」という言葉を呑み込んだ。

「いや……それはただの言い訳だな」

遠山はそれ以上言葉にすることはなく、黙り込んだままだった。

「それでどうするの？　話を聞く限りでは高井先輩も上原先輩も自分から身を引くことはなさそうだし、お兄ちゃんが決めるしかないんじゃない？」

上原のことをいつもは『オッパイ星人』と呼ぶ菜希が茶化さずに、『上原先輩』と呼んでいることからも、真剣に向き合ってくれていることが分かる。

遠山も自分が決断しなければ、このままズルズルと流されてしまうことは分かっていた。しかし、上原と高井、それぞれに違った愛情を抱いてしまったがために、泥沼に嵌《は》まってしまい抜け出せずにいた。

「だったら……どちらかに決められないなら、いっそのこと二人と付き合っちゃえば？」

黙り込んでいた兄に痺《しび》れを切らしたのか、菜希がとんでもない提案をしてきた。

「な、なに言ってんだよ!?　そんなこと……できるわけないだろ！」

菜希の思いもよらない提案に声を荒らげる遠山。

「でもさ、話を聞いた限り今の状況じゃ、二股かけてるのと変わらないじゃん。二人ともキープみたいな？」

遠山がどう言い訳しようが、傍《はた》から見ればこの状況は菜希が感じているような印象になるだろう。全てはハッキリしない遠山の態度に原因があるといえる。二人に対して『好き』という意思表示を高井と上原のどちらにもしたことがない。

「……よく分からないんだよ」

菜希に正論を浴びせられた遠山は、放棄していた思考を取り戻し、語り始めた。

「なにが？」

遠山の言葉に菜希は首を傾《かし》げた。

「二人に対する自分の気持ちっていうの？」

遠山は二人の魅力的な女性に対して抱いている感情が何なのか、自分でも分かっていなかった。だから言葉にして、自分の気持ちを表現することができないでいた。

「好きとか、嫌いとかってこと？」

「もちろん二人とも好きだから、好きとか嫌いって単純な話じゃないんだ」

遠山にも自分の気持ちが理解できていないので、菜希に説明するのは不可能であった。

「うーん……菜希には分かんないや。役に立てなくてごめん」

申し訳なさそうにしている菜希だが、分からないのは当然だ。

「いや、聞いてくれただけでも嬉《うれ》しいよ。正直、考えるのを避けていたくらいだから、もう一度ちゃんと考える機会になったし、菜希には感謝してるよ」

考えることを放棄していた遠山に、菜希はもう一度キチンと考えるキッカケを与えてくれたのだ。役に立たなかったなんてことは、少しもなかった。

「そう言ってくれるならよかった。お兄ちゃんも二人と会って、自分の気持ちを確かめてみるといいよ」

「そうだな……」

現実逃避していても何も解決しない。遠山は菜希に話したことで少しだけ前向きになれたような気がした。

「菜希はお昼の用意するから、お兄ちゃんはいい加減ベッドから出てよ」

そう言って菜希は遠山の部屋を出ていった。

「菜希の言う通り、ちゃんと考えないとな……」

遠山はサイドテーブルのスマホを手に取り、メッセージアプリのアイコンをタップしメッセージを入力し始める。

「これでよしと……」

メッセージを送り終えた遠山はベッドから立ち上がり、菜希が昼食の準備をしているキッチンへと向かった。

◆

「じゃあ、行ってくるよ」

昼食を済ませ出掛ける準備を終えた遠山は、玄関先で見送る菜希に手を振った。

「お兄ちゃんも重い腰をようやく上げたって感じ？　いきなり高井先輩に会いに行くなんて」

遠山が先ほどスマホで送ったのは、高井を図書館に誘うメッセージだった。急であったにもかかわらず、高井は誘いに応じてくれ、会えることになった。

「菜希が言うように家に引きこもっていても解決しないしな」

菜希に背中を押されたことで、遠山は少しだけ前向きに、自分からも動くことを選択したようだ。

「うん、外は暑いから熱中症には気を付けてよ。高井先輩によろしくね」

「ああ、気を付けるよ」

菜希に見送られ玄関を出た遠山は、肌を刺すような強烈な真夏の日差しに目を細めた。

「あっつ……これは気を付けないと、マジで熱中症になりそうだな」

照りつける日差しの中、遠山は日陰を選びながら待ち合わせ場所の駅へと向かった。

駅に到着した遠山は額に伝う汗を手で拭いながら、待ち合わせを一番暑い時間帯にしたことを後悔していた。

「待ち合わせの時間、夕方にすればよかった……」

改札の周辺を見回すと見慣れない私服姿の高井を見つけた。髪を切って垢抜《あかぬ》け、まごうことなき美少女になった高井だが、目立つことなく改札の横で静かに佇《たたず》んでいた。上原のような派手さがないので、周囲の注目を集めるようなことはなかった。

「高井、お待たせ。遅くなってごめん」

「ううん、まだ待ち合わせの時間前だから大丈夫だよ」

「でも、暑かっただろ？」

「日陰で待っていたから、私は大丈夫」

高井の服装はフリルトリムの薄いグレーのワンピースに、肘までのゆったりした白いＴシャツ、釣り鐘型のクロッシェというハットを被《かぶ》っている。そのファッションは肌の露出が少なく、落ち着いた雰囲気で高井にとても似合っていた。

「それにしても……高井の私服姿は見慣れないな」

「に、似合ってないかな……？」

どうやら似合っていないのではと、ネガティブに捉えてしまったようだ。

「そ、そういう意味じゃなくて新鮮だなって。落ち着いた雰囲気で高井に凄《すご》く似合っているよ」

遠山は慌ててフォローを入れる。

「よかった……私は上原さんみたいな華やかさがないから、地味だったかなって」

高井と上原ではタイプがまったく正反対だから、似合う服装も違ってくるのは当然だろう。

「地味とかいったら自分なんてＴシャツにジーンズでお洒落《しゃれ》さの欠片《かけら》もないよ。それに比べたら高井は涼しい感じでいいと思う」

スカート丈も長くて露出が少ないファッションなのに、涼しそうに見えるのは高井の醸《かも》す雰囲気のせいだろうか？

「この時期にジーンズは暑いと思うんだ。ハーフパンツとかにすればいいのに」

高井の言うことはもっともで、見た目的にも真夏のジーンズは暑そうだ。

「まあ、そうなんだけど買いに行くのが億劫《おっくう》というか、どれを選べばいいか分からなくて」

遠山は根本的にお洒落に無頓着なので、上原にコーデしてもらって以降も、自分で服を買いに行くことはなかった。

「じゃあ、今から一緒に夏物の服買いに行く？　ハーフパンツの一枚でも持っていた方がいいよ？」

「そうだな……じゃあお願いしてもいいかな。買い物してから図書館に行こうか」

本来の予定は図書館に行くことだったが、時間的にも余裕があるし、こういう機会でなくては洋服を買おうと思えない遠山は、高井の提案に乗ることにした。

遠山と高井は映画館やショップが入った複合施設にやってきた。ここは遠山が上原と映画を観《み》たショッピングモールである。

——そういえば、上原さんとここでデートしたんだよな。

「佑希《ゆうき》？　どうしたの？」

気まずそうにしている遠山を、不思議に思った高井が声を掛けた。

「いや、なんでもない。時間もないし早く買い物を済ませよう」

遠山は高井を連れてここに来たことに少し罪の意識を感じていた。上原とデートした場所に別の女性を連れてきたからだろう。

「うん、それで佑希はお店の当てがあるの？」

遠山は買い物をすると決めて即、この場所を選んだ。だから高井は買い物する店の当てがあると思っているようだ。

「FU《フ》―GU《ジーユー》っていうお店が前に来た時に安かったから、そこでいいかなって」

「前に来た時って上原さんと——」

高井は言いかけた言葉を途中で呑《の》み込むも、何を言ったのか遠山には分かってしまった。

「ま、まあ……そうかな……」

遠山としてもこれ以上高井にこの話をしたいとは思っていないので、曖昧な返事で言葉を濁した。

「あ、あの……別に一緒に来たことを責めたりしないしそんな資格も私にはないし、その……気にしてないとは言えないけど……」

高井も今の言葉が失言だったと思ったのか、考えがまとまらずに上手《うま》く言葉が出ないようだ。

「でも……佑希と一緒に来れてよかった」

しかし、最後に高井は素直な気持ち口にすることができたようだ。

「高井とこんな風にデートするのは初めてだよな……僕も一緒に来れてよかったよ」

今まで隠していた関係を誰かに知られることを恐れ、極力外では会わないようにしていた二人だが、一部の人間に関係を明かしたことにより、ある意味二人は開き直っていた。

「うん、本当はずっとこうして佑希と一緒に出掛けたりしたかったんだ……」

高井は家族と和解し、上原に真実を話してからというもの、素直に感情を表すようになった。

「ごめんな……ずっと気付かなくて」

高井はいつしか抱き始めた遠山に対する恋心を隠し、セフレだからそういう感情は不要と自分を騙《だま》し続けていた。

「ううん……謝らないで……それは私が自分で選んだことだから」

「でも――」

「ほら、グズグズしていると図書館に行く時間なくなっちゃうよ？　今日は珍しい図書館に連れていってくれるんでしょう？」

少し湿っぽくなった雰囲気を変えようと、高井は明るく振る舞い話題を変えた。

「ああ、そうだった！　デザインがとてもお洒落な図書館があったから、高井を連れていきたかったんだ」

「うん、楽しみにしているから、まずは佑希の服を見に行こう！」

高井は満面の笑みを浮かべた。

——これが本来の高井の姿なんだ。

高井の心を覆った闇が取り除かれたその笑顔は、とても晴れやかで美しく、遠山の心を揺さぶった。

高井が家族や自分の心と向き合った結果、暗く閉ざされた心は解放された。その美しく晴れやかな笑顔を見た遠山は、高井と上原、そして自分自身と向き合う覚悟を決めなくてはならないことを悟る。

買い物を終えた二人は、本来の目的地である図書館のある駅まで一時間ほどかけて移動した。隣県まで遠出することになったが、図書館の建物自体が芸術的な建築物であり、内装もお洒落で機能的であり、一度は行ってみたいと遠山は思っていた。

「うわぁ……お洒落なデザイン……」

高井が美しい図書館を目の当たりにしたため息をついた。

大きな公園の中に静かに佇む図書館は、木造の格子にガラス張りの壁面が、周囲の樹木に光を反射し綺麗《きれい》に輝いていた。

「ホント、綺麗だな……」

遠山もまたその美しさに感嘆の声を漏らした。

著名な建築デザイナーが設計したという建物は〝自然との融和〟をテーマにしているらしく、緑豊かな公園の中でも違和感なくその存在感を示している。

エントランスから図書館内に入ると二人は更に驚くことになる。

天井は木製の格子状で一部分が外の光を取り込むように設計され、クラゲを思わせる大きな電気傘が天井からぶら下がっていた。図書館の一部に溶け込むように有名カフェチェーン店があり、コーヒーを飲みながらゆっくり読書ができるようだ。

「高井、少しここで休憩してからゆっくり中を見ようか？」

ショッピングモールで買い物をしてから休まずに、ここまで来た遠山は休憩を提案した。

「うん、ちょうど喉も渇いていたしそうしよう」

注文を済ませた二人はフリースペースの席に座り周囲を見渡した。

「それにしても凄いな……なにが凄いってお洒落過ぎだろ。とても図書館とは思えないよ」

遠山がよく行く地元の図書館は古いこともあり、ただ本棚を並べただけの普通の図書館だ。それと比べるとあまりの違いに、図書館に来たとは思えなかった。

「本当……この図書館が近くにあったら夏休みは毎日通ってたかも……」

学校でも図書室の主《ヌシ》だった高井は、この図書館でも主になれそうだ。

「いや、ホントにここなら毎日でも通いたいな。何といってもタダだし、冷房も効いてるし、近くにあればだけどね」

さすがに電車賃を払って、往復二時間かけてまで来るのは無理な話であった。

「そろそろ、本を見て回ろうよ？　どんな本が置いてあるか気になる」

高井は早く見て回りたくてウズウズしているようだ。

いくら設備が気に入ったからといっても、好みの本がなければ意味がない。図書館巡りの醍醐味《だいごみ》は蔵書の豊富さや、ジャンルや種類の傾向を見ることにある。

「ここで借りることはできないから、読んでみたい本を見繕って試し読みして、地元で借りるしかないかな」

ここでも登録すれば誰でも借りることができるが、さすがにこの距離を返しに来るのは面倒だ。

二人して本の話で盛り上がり、お互い読みたい本を持ち寄り、フリースペースへと戻った。

「まあ、本の種類と数は広さの割にはそれほど多くはないかな？」

一周回ってみた遠山の感想だ。

「やっぱり開放感を出すために余剰スペースを多く取っている分、蔵書の数自体はそれほど多くはないかもね」

高井と感想を交わしながら持ち寄った本に二人は目を通し始める。

読書好きの遠山と高井はあっという間に本の世界に入り込み、二人の間には一切会話がなくなった。特に高井は本に没頭するとその存在すら感じなくなる。

…………

……………

……

先に集中力が切れた遠山は、傍らで静かに本を読んでいる高井に目を向ける。遠山がジッと見つめているにもかかわらず高井は一切気付かない。それほど集中しているのだろう。

――やっぱり高井と一緒にいると落ち着くな。

高井の横顔を眺めながら遠山は、この居心地の良い時間がとても大切に思えてくる。

「高井、そろそろ帰る時間だよ」

いつまでも高井の横顔を眺めていたかったが、高校生である二人には時間が限られていた。

「あ、もうこんな時間……もう帰らないと」

高井は名残惜しそうに読んでいた本を閉じた。

「じゃあ、そろそろ帰るか」

「うん」

二人は本を元の棚に戻し図書館を後にした。


「うわ……まだ外は暑いな……」

心地よく冷やされた図書館から一歩外に出ると、まだ日は落ちておらず、太陽に熱せられた外気が遠山の肌に触れ、一気に不快な気分にさせられる。

「私は図書館で少し冷えたから今はちょうどいい」

高井にはちょうどよい気温のようで、本人は涼しい顔をしている。

「高井は待ち合わせの時も涼しい顔してたよね。暑さに強いの？」

「別にそういうわけじゃないけど……冷え性ではあるかな。エアコンとかは少し苦手かな？　ほら」

そう言って高井は手を差し出した。

――これは手を握れ、ってこと？

「手を触ってみて」

「うん……あ、冷たい！」

高井の手を握るとその冷たさに遠山は驚く。

「図書館のエアコンで冷えたの」

「こんなに冷えてると、確かにこの暑さくらいでもちょうどいいかもな」

「佑希の手、温かい……そのまま温めて」

高井が甘えるように、手を握っていて欲しいと上目遣いにお願いしてくる。

「あ、ああ……分かった」

遠山が冷えた手を握り返すと、高井は指を絡めてきた。いわゆる恋人繋《つな》ぎというやつだ。

――なんだか気持ちいいな……。

高井の冷えた手が、遠山の体温でジワジワと温かさを取り戻していくのを、掌《てのひら》全体で感じる。その感覚が遠山にはとても心地よく感じた。

二人は駅に到着して電車に乗るまで手を繋ぎ続けた。

電車のシートに並んで腰かけてもお互い無言だったが、不意に何かを思い付いたように高井が遠山に声を掛けた。

「ねえ佑希？」

「なに？」

「どうして今日は急に図書館に行こうって誘ってきたの？」

高井の疑問はもっともだと遠山は思う。今まで一度たりとも休みの日に遊びに行こう、と誘ったことがなかったので。急にどうしたのだろう？　と高井が思うのも無理はない。

「うーん……単純に高井に会いたかったからかなぁ？　夏休みじゃなければ毎日、学校で顔が見られたからね。いざ会えないとなんていうか……寂しいというか、物足りないというか……」

遠山は正直な気持ちを言ったのが恥ずかしかったのか、高井から顔を背けてしまう。

「そんな風に思ってくれてたんだ……嬉《うれ》しい……」

遠山の口からまさかそんな言葉が出てくるとは思っていなかったのか、高井は俯《うつむ》き僅かに頬《ほお》を赤く染めていた。

「なんかさ……高井と一緒にいるとホッとするっていうか……」

遠山は周囲に人がいないか確認しながら、小声で高井の耳元で語り始めた。

「その……裸で抱き合ってる時とか本当に気持ちが落ち着いて、嫌なこととか忘れることができるんだよ」

その感情が何なのか遠山は自分でも分かってはいない。しかし、胸に秘めたままでいても、その感情が何なのか理解することができないのなら、心許せる相手には素直になれば何か変わるのではないだろうかと期待していた。高井が自分の気持ちを家族や遠山に吐露したことで変われたように。

「うん……私も佑希と繋がっている時はとても満たされる。冷たい手足も心も温かくなるの」

高井とは身体《からだ》の相性が抜群に良かった。一人しか経験のない遠山でもそれだけは分かった。それは肉体的なものより別の……心の影響なのだろうか？　遠山には分からなかった。しかし、高井がそれが何なのか理解しているであろうことは、遠山にも分かっていた。だから、遠山は今日、高井に会いたいという気持ちを正直に出して行動に移したのだろう。

それからお互いが別れる駅に到着するまで、二人の間に会話はなかった。それでも遠山には心地よい時間だった。なにも取り繕う必要のない関係は、遠山に安らぎを与えた。

「それじゃ私は次の駅で降りるね」

遠山が家まで送っていくと言ったものの、高井に大丈夫と断られた。

「本当に送っていかなくて大丈夫？」

ホームに電車が到着し、ドアが開く直前に遠山はもう一度確認する。

「うん、まだ早い時間だから大丈夫だよ。それじゃ気を付けて帰って」

「ああ、高井も気を付けてな」

ドアが閉まり電車が動き出す。高井は見えなくなるまでホームから遠山に手を小さく振っていた。

「ふぅ……」

どことなく寂しさを感じた遠山は、電車のシートに再び腰掛け小さくため息をついた。

「あれ？　メッセージ？」

ジーンズのポケットからスマホを取り出すと、メッセージが届いている旨の通知が表示されていた。

「上原さん？」

通知欄の名前を見た遠山は内心ドキッとしてしまった。慌ててスマホのロックを解除してメッセージを確認すると、短いメッセージが一文だけ届いてた。

『今日、電話で話せる時間ある？』

どうやらメッセージではなく直接話したい用事があるようだ。

遠山は電車を降りてから電話する、とメッセージを送ると『うん、待ってる』と、上原から秒で返信があった。きっと返信を心待ちにしていたのだろう。

電車を降りた遠山は家までの道のりを歩きながら、上原に電話するのを躊躇《ちゅうちょ》していた。

──なんの話だろう？

今まで高井とデートしていたことに、後ろめたさを感じてしまい電話ができないでいた。

──いや、電話するってメッセージ送っちゃたし、しないとダメだろ。

遠山はメッセージアプリを起動し、上原の名前を選択すると、無料通話のアイコンをタップした。

『遠山⁉　ずっと待ってたんだから』

呼び出し音が鳴る間に深呼吸しようと思っていたが、ワンコールで電話に出た上原の行動によって、心構えができないまま通話が始まった。

「ゴ、ゴメン……ちょっと出掛けてたからメッセージが届いてるのに気付かなかった」

『出掛けてたって、高井さんと？』

鋭い上原に当てられてしまい、遠山はなんとなく気まずい気持ちになってしまう。

「ま、まあ……そうかな」

『そうなんだ……高井さんとどこに行ってたの？』

「図書館だけど……」

遠山は浮気を疑われ、問い詰められている夫のような気分を味わうことになってしまう。

『図書館？　ふーん……楽しかった？』

「まあ……お洒落《しやれ》で綺麗《きれい》な図書館で楽しかったよ」

『そうなんだ……私も誘ってくれればよかったのに……』

「急に行くことになったから……ゴメン。凄《すご》く綺麗な図書館だったから今度一緒に行こう」

『うん、夏休みは時間がたくさんあるから、いつでも誘って』

「分かった」

『ねえ、遠山……？　その……今日は高井さんと、その……え、えっちしたの？』

何を突然言い出すのかと思ったが、遠山が高井とそういう関係であることを上原はすでに知っている。だから二人で会ったということは、そういうこともシたのではないか、そう思ってしまうのは無理もないことだ。

「う、上原さん!?　なに言ってる――」

『ちゃんと聞かせて』

遠山の言葉を遮った上原のスマホ越しに聞こえてくる声は、真剣そのものだった。

「……してないよ。今日は図書館から電車で直接帰ってきたから」

高井を最後に抱いたのは、誕生会直後に伶奈《れな》の計らいで家を空けてもらった時だ。そもそも、あの日以降、今日まで高井に会ってはいなかった。

『そっか……前に話したことがあるけど……その……えっちな気分になったらさ……私を頼ってくれても……その……いいんだよ？』

以前コンドームを購入した時のことを追及され、自分でする時に使うと誤魔化《ごまか》した時にも相談して、と言われたが、あの時の冗談とは違って今、スマホ越しに聞こえてきた上原の言葉は、とても危うい意味を含んでいた。言葉をそのままに解釈するなら、えっちな気分になったら私を抱いてください、と言っているようなものだ。体育用具倉庫でのキスが上原に火をつけてしまったのだろうか？

『ご、ごめん！　そんなこと言われても困るよね……遠山だって相手は選びたいもんね』

遠山が答えに窮して黙っていると、上原が慌ててフォローを入れてきた。

「そ、そんなことはないけど……」

『あはは……私どうかしてた。だから今のは忘れて』

上原も自分がとんでもないことを、口走っていたことに気付いたようだ。

『そ、それより、次の日曜日空いてる？』

二人して気まずくなり、会話が続かなくなったことを察した上原は、無理やり話を変えてきた。遠山もあの会話を続けたくはなかったので、ホッと胸を撫《な》で下ろした。

「日曜？　別に予定はないけど」

『じゃあ私とオープンキャンパスに行かない？　実はもう遠山の分も予約を入れてあるんだ』

「そりゃまた急な話だね……」

オープンキャンパスとは大学や専門学校が施設を開放し体験入学などを行い学校を知ってもらおうというイベントだ。

『来年にはもう私たち受験なんだから早いってことはないと思うけど？　だから早めに進学先を知っておかないと』

「まあ、そうなんだけど……」

『ダメ……？』

上原は甘えるように懇願してくる。

「いや、特に予定もないし上原さんの言う通りだと思う。いい機会だから行くよ」

せっかく予約まで取ってくれているのだから、断るのも申し訳ないと遠山は上原のお誘いを受けることにした。

『やった！　じゃあ、詳しい待ち合わせの時間とか場所はメッセージで送るね』

「あ、そういえば何を着ていけばいいんだろ？　私服？　それとも制服の方がいいのかな？」

『それも含めて後で調べてメッセージ送るね。今日は無理言ってごめんね』

遠山と一緒に行けることが嬉しいのか、声からも分かるように上原は上機嫌だ。

「いや、上原さんに誘われなければ、オープンキャンパスなんて面倒で行かなかったかもしれないから感謝してる」

遠山の性格からして、誘われなければ行かない可能性の方が高いのは間違いないだろう。

『それならよかった。じゃあ、日曜日楽しみにしてるね』

「ああ、僕も楽しみにしてるよ」

上原とおやすみの挨拶を交わして通話を終えた。

「大学かぁ……もう、受験のことを考えなくちゃいけない時期なんだなぁ」

上原に言われるまで実感がなかったが、二年生の夏休みといえば高校生活で遊べる最後の長期休みだということを改めて遠山は実感した。

「オープンキャンパスか……楽しみだな」

なんだかんだ言っても、遠山もキャンパスライフというのを想像すると、意外と楽しみにしている自分がいたことに気付いた。

第二話　オープンキャンパス

I am boring, but my classmates do not know what I am doing in your room.

オープンキャンパス当日、遠山《とおやま》は自宅の洗面所の鏡の前でネクタイを結んでいた。

「真夏にネクタイっていうのも暑苦しいな……私服にすればよかったかな？」

オープンキャンパスに私服で行くか制服で行くか上原《うえはら》と話し合った時、どちらでもよいという話を聞いて遠山は制服を選んだ。遠山は服に頓着がなく、何も考えなくていい制服の方が楽だと思っていた。だが、今はそれを後悔している。真夏のネクタイがこれほど暑苦しいものだとは思わなかったからだ。

「まあ、今更変えられないし、ネクタイは緩めておいて大学に着いたら締めればいいか……」

「あれ？　お兄ちゃん学校行くの？」

洗面所の鏡に向かって髪の毛をセットしていると、起きたばかりなのか、パジャマ姿で寝惚《ねぼ》けた顔の菜希《なつき》が不思議そうに声を掛けてきた。

「今日はオープンキャンパスに行くんだよ」

「オープンキャンパス？　なにそれ？」

中高一貫の中学に通っている菜希はあまり興味がないのか、オープンキャンパスという言葉を知らないようだ。

「学校説明会みたいのもの？　いや体験入学？　まあ大学のキャンパスが開放されてるから、どんな学校なのか体験するイベントみたいなもんだよ」

「わあ、面白そう！　菜希も行く！」

予想はしていたが、やはり菜希は一緒に行くと言い出した。

「遊びに行くわけじゃないんだぞ。それに予約してないから菜希は行けないよ」

「えーじゃあ、別の大学のオープンキャンパスに行く時は菜希の分も予約して」

というか、中学生でもオープンキャンパスに行けるのだろうか？

「そもそも大学のオープンキャンパスに中学生は行けないんじゃないか？　いや……保護者と行く場合もあるから、ダメなわけではないのか……？」

中学生が行けたとしても、妹を連れていったらシスコンだと思われてしまう可能性がある。

「菜希と行くことはないから諦めてくれ。菜希が高校生になったら友達とでも一緒に行くんだな」

「そういうお兄ちゃんは誰と行くの？　まさか一人じゃないよね？　高井《たかい》先輩？　上原先輩？」

「だ、誰とでもいいじゃない」

「この前は高井先輩とデートしたんだから、今回は誰と行くのか知りたいに決まってるじゃん。お兄ちゃんがどちらを選ぶのか菜希も気になるし」

菜希は菜希なりに兄のことを考えているから、単純に興味本位で誰と一緒に行くのか聞いているわけではないだろう。

「上原さんだよ」

今更隠すことでもないので、遠山は正直に話した。

「そっかそっか、前回は高井先輩だったから、今回は上原先輩なわけだね。うん、ちゃんと公平に愛を分け与えてるわけだ」

「その言い方だとなんか僕が二人と同時に付き合って、交互にデートしてるみたいに聞こえるんだけど？」

菜希の言い方だと、二人と付き合ってるみたいな言い方で聞こえは良くない。

「え？　だってそうじゃないの？」

「いやいや、まだどちらとも付き合ってないよ」

「二人とキスまでしてるのに？」

菜希には上原ともキスしたことを遠山は話していた。

「まあ……そうなんだけどさ……」

さすがにキスのことを突っ込まれると遠山は何も言えない。キスをしてた異性が二人いるのにどちらとも付き合っていないなど、中学生の菜希には考えられないからだ。

「もう、お兄ちゃんと高井先輩と上原先輩の関係は、普通じゃないって自覚した方がいいよ」

確かに菜希の言うことには一理あった。遠山たちの関係を普通の恋愛の括《くく》りで語るにはもう無理があったのだ。無理に当てはめようとした結果、遠山はより悩むことになった。

「そうだな……菜希の言う通りかもしれないな」

「あんまり悩み過ぎると禿《は》げちゃうよ？　だから、もう少し気楽に考えよ？」

言い方はアレだが菜希なりに兄のことを心配しているのだろう。

「まだ禿げたくないし、違った角度からも考えてみるよ」

「うん、それがいいと思う。だからあまり思い詰めちゃダメだよ」

「菜希、ありがとな」

「お兄ちゃんのことは菜希が一番よく分かってるからね。お礼は次のオープンキャンパスに連れて行ってくれるのでいいよ」

「はいはい、中学生でも行けたらな」

「期待しないで待ってる。それより……玄関で長居してていいの？」

「おっと、遅れちゃうからもう行くよ」

「行ってらっしゃい、気を付けてね。上原先輩によろしく」

菜希に見送られた遠山の駅へと向かう足取りは軽かった。中学生の妹に諭された遠山ではあったが、胸のモヤモヤが少し晴れたからかもしれない。

菜希と長話をしてしまったが遅刻せず遠山は、待ち合わせにギリギリで上原と合流することができた。

目的の大学のキャンパスは隣県にあり、待ち合わせの駅から電車で三十分ほど揺られ到着した。

「んー！　到着！　自宅からだと一時間弱くらいかな？　でも遠山と話しながらだったからあっという間だったよ」

電車から降りた上原が、背筋を伸ばすようにその豊満な胸を突き出した。

「っ、通学となると一人だから時間の感覚は変わってくるだろうけどね」

制服の上からでも分かる大きな膨らみを目の当たりにした遠山は、先日の体育用具倉庫で触れた上原の胸の感触を思い出してしまう。あの時の興奮は今でも忘れられない。

「このくらいの時間なら許容範囲だね。二時間とかだと考えちゃうけど……遠山と一緒に通学できるなら長くても全然オッケーだよ」

そんな遠山の心情も知らずに、上原はサラリとこのようなことを言ってくる。一度、意識し始めてしまうと一緒にいる間はずっと意識してしまう。上原に対して一歩引いていた頃の遠山はもういない。

「まだ、この大学に決めたわけじゃないし、そもそも偏差値が高いから受からないかもしれないよ？」

遠山と上原の成績だと難しいと言わざるを得ないだろう。

「そこは一緒に勉強して頑張ればいいじゃない？　私は遠山と同じ大学に通いたいなぁ」

そう言いながら上目遣いに上原が遠山を見つめる。気のせいかその頬《ほお》は少し赤く染まっているように感じた。

――ッ！

そんな表情を見せられた遠山の心臓の鼓動は、一気に跳ね上がった。今日、待ち合わせの駅で上原に会ってからというもの、ずっとドキドキしっ放しの遠山だった。

「そ、そうだね。まだ一年以上もあるし決めつけるのはよくないか」

「そうそう、目標は高く、だよ？」

高井との関係を知ったにもかかわらず、いつも以上に明るく前向きだった。無理しているのか受け入れているのかは分からないが、そんな上原の姿に遠山は胸が切なくなる。

二人は駅前から歩いて十五分ほどのキャンパスへと向かう。

「やっぱり郊外の駅だからそれほど栄えてはいないね」

見慣れぬ土地へ来たからか、上原は興味津々といった様子で、キョロキョロと周囲を見回している。

「コンビニとかチェーン系のカフェはあるみたいだし、通うのに不便なことはなさそうだな」

駅ビルや百貨店の類《たぐい》は一切なく、帰りに遊べるような場所ではなかった。

駅から十分も歩くとお店はなくなり緑が多くなってくる。そこから更に五分ほど歩くと緑に囲まれたキャンパスが見えてきた。

「うわ、ひろッ！　うちの高校も広いとは思ってたけど、それの何倍もありそう」

キャンパスは低い壁で囲まれているが、真《ま》っ直《す》ぐ伸びる壁の終わりが見えないくらいの広さに、上原が驚きの声を上げた。

キャンパス外から見ると敷地内に何棟もの高い建物が見える。おそらく学部によって分かれているのだろう。緑が多く低い住宅しかないこの付近では、その建物群が非常に目立っていた。

「ホントに広いな……それに建物も新しそうでなんかお洒落《しやれ》だな」

「遠山、さっさと受付済まそうよ。早く中も見たい」

「うん、僕も中の様子が凄《すご》い気になるよ」

上原はキャンパスが予想以上のスケールで興奮気味だ。それに釣られて遠山もワクワクしてきたようだ。

「思ってたより制服の人は少ないね」

私服でも可であれば、わざわざ制服を着てくる人は少ないのだろうか？　少数である制服姿の遠山たちは非常に目立っていた。いや、目立っていたのは上原だけといった方が正しいだろうか。上原の華やかな容姿は人の目を惹《ひ》く。いつも開けている胸元はキチンと閉めているが、ウエスト部分を折って短くしているのだろう、膝上の短いスカートから露出した太ももが眩《まぶ》しい。すれ違いざまにチラチラと見ていく男性が多数いた。

――どこに行っても上原さんは目立つな。

遠山の横に並んで歩いている上原は、自分が注目されていることなど全く意識している様子がない。どこまでいっても自然体だった。

そんな完璧美少女が、自分に好意を寄せているとは未《いま》だに実感が湧かない遠山であった。

「さて……どこから見ていけばいいんだろ？」

遠山は受付で渡されたタイムスケジュールを開いた。

「そうだね……時間的にキャンパスツアーが近いからそれに参加しようよ」

遠山の広げたタイムスケジュールを覗《のぞ》き込んだ上原が提案してきた。

キャンパスツアーは在学生が構内を案内してくれる見学会だ。

「開始時間まで時間がないし集合場所まで急ごう」

「うん！」

キャンパスツアーで主な施設を見学し終えた二人は、キャンパス内のベンチに腰掛け感想を交わしていた。

「大学の講義室って本当に高低差があるんだね。あそこで講義を受けるって考えるとワクワクするね」

高校の教室は大体フラットな床に机が並んでるだけなので、大学の講義室は上原にとって新鮮だったようだ。

「写真とか映像でしか見たことなかったから感動したよ。午後に体験講義があるから受けてみようか？」

「うん！　楽しみ！」

色々な学部が体験講義を開催しているが、受けられそうな講義をタイムスケジュールから探し出す。

「学校説明会を聞いてからだと……文学メジャーの講義があるけど、これでいい？　それとも気になる学部の講義が聞きたい？」

遠山は文学部を選ぶだろうが、上原がどの学部を希望しているか分からない。できるだけ上原の希望の講義を受けたいと遠山は思っている。

「文学メジャーでいいよ。私はまだ何を専攻したいかハッキリ決まってるわけじゃないし、色々と体験してみたいから」

「そっか、じゃあ学校説明会を聞いてから、文学メジャーの講義を受けてみようか」

「うん、それで大丈夫だよ。学校説明会まで時間があるけどどうする？」

「僕はゆっくり図書館を見てみたいな」

キャンパスツアーで図書館には行ったものの、数分で別の場所に移動したので、じっくりと所蔵の本や設備を見たいと遠山は思っていた。

「遠山らしいね。私も気になるから今から行ってみよ？」

上原はベンチから素早く立ち上がり、遠山の手を取り半ば強引に立たせ、目的の図書館へと足を向けた。

「やっぱり大学の図書館は高校の図書室と違って、本の種類が違ったなぁ」

「そうなの？　私には難しい本ばかりでよく分からなかった」

上原が言うように、大学の図書館には一見すると難しい書物の類が多かった。

「確かに学術書や論文が多かったね。僕も少し読んでみたけど、さっぱり分からなかったよ」

「入学したら私たちも、あの難しい本を理解できるようにならなきゃいけないんだよね……」

あの難解な本を見て上原は少し憂鬱になったようだ。

「まあ、専攻した学科に関係のないものが分からないのは当然だし、今から心配しても仕方ないでしょ」

「確かに……今は楽しいキャンパスライフを思い浮かべないとだね」

「そういうこと。今は難しいことは考えずに仮想キャンパスライフを楽しまないと」

せっかくオープンキャンパスに来ているのに、ネガティブなイメージを植え付けられてしまっては意味がない。

「そういうことなら私は十分にキャンパスライフを満喫してるよ。だって遠山と一緒に大学に通ってるみたいで楽しい」

「あ、いや……僕も上原さんと一緒にキャンパス巡りができて楽しいよ」

「ホント⁉　遠山も楽しんでくれて嬉《うれ》しい！」

――この子はどうしてこういうドキドキするようなことを、サラッと言えるのだろうか？　狙って言ってるわけじゃないだろうし……素直な自分の気持ちを隠さずにいるだけなのかな？

遠山は高井と上原の二人に対して、本心を曝《さら》け出したことはなかった。表面上取り繕って良い顔をしているだけとも言える。しかし、そんな遠山も高井をデートに誘った時、『一緒にいると落ち着く』と本心を高井に語った。今日も上原と一緒にいて楽しいと伝えることができている。遠山も高井と上原と一緒にいることで、少しずつ変わり始めているのかもしれない。

「さて、そろそろ学校説明会が始まるから行こうか」

遠山と上原の楽しいキャンパスライフ（仮）は始まったばかりだ。

学校説明会の質疑応答も終わり、次は体験講義を受ける文学部の講義室に二人は足を運んだ。

「これが一番ドキドキするね」

上原は今までにないくらいソワソワした様子で、周囲にいる他の参加者の様子を窺《うかが》っている。まだ専攻を決めかねている人には無難な文学部が人気なようで、講義室にはかなりの人数が講義を聞きに来ていた。

「それにしても講義の内容が『落語の歴史』とは……先生の趣味丸出しだけど面白そうだな」

「大学の講義ってホント色々あるみたいだね」

「役に立つか分からない講義だけど、生徒の気を引くにはいいかもしれないね。下手《へた》に難しい講義をしても理解されにくいだろうし、それで面白くないって判断されると大学側にとっては損だしね」

大学側も将来の学生に楽しんでもらおうと色々と考えているのだろう。こういう時こそ人気の講義を惜しみなく出してくるに違いない。

「いやあ、面白かった。まさか百年前の落語を聴くことになるとは思わなかった」

体験講義が終わり講義室から退出しながら、遠山は興奮した様子で語った。

「遠山は落語とか好きなの？」

「いや、特別好きってわけじゃないけど、有名な落語の演目は聴いたことがあるくらいかな？　でも、今日の講義を受けて他にも色々と聴いてみたくなったよ」

「ちょっと表現が古かったから分かりづらい部分もあったけど面白かったね」

「まあ、それを勉強するのが文学部なんだろうけどね。興味を持ってもらうには十分な内容だったと思うよ」

「そんなに気に入ったなら今度、落語を聴きに行ってみようか？」

「上原さんも落語が気に入ったとか？」

「遠山ほどじゃないけど面白そうだなって。それに遠山と一緒なら何でも楽しいよ」

上原も思った以上に面白かったらしく、この上なくご機嫌だ。そして相変わらずサラッと遠山に向けて好意を隠さずに接してくる。

「そ、それじゃあ今度一緒に行こうか」

一途《いちず》で素直な上原に流され、遠山も無意識に少しずつ本心で接するようになってきていた。

「やったぁ！　遠山とデートの約束確定ね！」

「ちょ、ちょっと上原さん⁉　声大きいよ！」

上原のような美少女がデートと叫びながら喜んでいる姿は、周囲から注目を浴びてしまう。男同士で来ていると思われる学生は、遠山に恨めし気な眼差《まなざ》しを向けていた。

「あ……嬉しくてつい……えへへ」

――くっ！　上原さん可愛《かわい》過ぎだろ……。

下をペロッと出して照れる姿は、遠山でなくても見惚《みと》れてしまうような可愛さだった。

「そ、そろそろお腹空《なかす》いたから休憩も兼ねてお昼にしない？」

周囲の男性陣から射殺《いころ》すような嫉妬の眼差しを向けられ、耐えられなくなった遠山は休憩を提案した。

「さんせー！　あ、そういえば受付でもらった学食の無料券があったよね」

オープンキャンパスでは学食も開放されていて、なんと一部のメニューが無料で試食できるのだ。

「そうそう、学食も重要だからその辺もシッカリとチェックしないと」

「じゃあ学食へレッツゴー！」

先ほどまで注目されていたことを忘れ浮かれる上原。それほどまでに今日は楽しいのかもしれない。

「うわぁ、やっぱり学食は混んでるね。先に席を確保した方がよさそうだね」

建物一棟が学食になっているほど広いが、オープンキャンパスに来ている学生と在学生でごった返していた。

「どうやら無料なのは二種類だけみたいだな」

Aセットは日替わり定食、Bセットはパスタとサラダのセットだ。

「僕はAセットにしようかな？　上原さんは？」

「私はBセットにする。別々のメニューにすれば半分こできるからお得だよね」

別のメニューを頼んで半分ずつ分け合うなんて、まるで恋人同士みたいだ。そういったことに全く躊躇《ためら》いを見せない上原に感心してしまう。

受け渡しカウンターで食事を受け取り、確保していたテーブルに戻り二人は品評を始める。

遠山が注文したAセットはデミグラスソースのハンバーグに目玉焼きが載っている。それに野菜の付け合わせ、ライスにスープとベーシックなハンバーグ定食だ。上原の注文したBセットのパスタはナスのボロネーゼ、サラダ、スープというこちらもありふれた取り合わせだ。

「これ普段だと五百円らしいよ。ハンバーグはやや小さいし、ご飯は少なめだけどお手頃な値段かな。でも量的には男だと物足りないかも」

遠山は大食いというわけではないが、それでもやや少なめに感じたようだ。

「いや、沖田《おきた》くんならちょうどいい量かな？」

「沖田くんなら、千尋《ちひろ》だと多いくらいかも。本当に小食だからね。上原さんより食べる量が少ないでしょ？」

「確かに……凄《すご》い小さいお弁当箱だった気がする。食べる量は身体《からだ》の大きさに比例しないっていうけど、沖田くんは見た目通りだよね」

上原は沖田と一緒に昼食をとることが多いのでよく分かっている。

「遠山はそれで足りるの？　私のパスタ分けてあげるよ」

足りるかと言われると、この量では足りないだろう。大盛りにしてももう一品追加しないと満腹にはなりそうもない。

「まあ、足りないかな？　でも、僕が食べたら上原さんも足りなくなるんじゃない？」

「食べられない量じゃないけど、私、太りやすいから満足するまで食べちゃうのはね……

だから気にしなくていいからね」

太りやすいと聞いて遠山は思わず上原の胸を意識してしまう。

――栄養が全部、胸にいっちゃうとか……？

などと失礼なことを考えてしまう遠山も、普通の高校生男子となんら変わりはなかった。

「じゃあ……遠慮なく後で食べさせてもらうよ」

「はい！」

上原はフォークをクルクルと回し、器用にパスタを絡めナスを突き刺し、遠山の目の前に突き出した。

――これは……このまま食べろってこと!?

「あーん」

遠山がどうしたものかと躊躇《ちゅうちょ》していると、上原は早く食べてと言わんばかりに、ニコニコと満面の笑みを浮かべながら、遠山の口元へとフォークを更に突き出した。

「い、いただきます……」

上原の嬉しそうな笑顔を見ていると、とても断れそうもないと思った遠山は、差し出されたパスタを口にした。

「美味《おい》しい？」

咀嚼《そしゃく》している遠山を、嬉しそうに眺めながら上原が尋ねてくる。

「う、うん……美味しい」

「よかった！　じゃあ私にもハンバーグ食べさせて」

上原はそう言うとまるでキスするかのように顎を上げ、軽く開いた口を突き出した。

――僕にあーんをやれと⁉

公衆の面前などどこ吹く風と、上原は人目など気にせず、あーんをねだってくる。

――ええい！　ままよ！

遠山は覚悟を決め小さく切り分けたハンバーグをフォークに刺し、上原の口元に差し出した。

「ど、どうぞ」

「いただきます」

上原の形の良い唇が小さく開き、フォークに刺さったハンバーグを上品に口に入れた。

「ど、どう……？」

遠山は緊張した様子で上原に感想を求める。

「うん、美味しい！　遠山にあーんしてもらったから百倍くらい美味しく感じる！」

なんとも大袈裟《おおげさ》な表現だが、上原にとって遠山に食べさせてもらったことが嬉しかったのだろう。

「そ、それはよかった」

周りの席に座っている、男子学生たちの恨めしさを込めた視線が遠山と上原に集まっていた。それもそうだろう、オープンキャンパスはカップルがデートをするイベントではない。真剣に取り組んでいればいるほど、遠山たちの行動は頭に来ることだろう。しかし、こんな状況でも上原は周囲の目など全く気にする様子はない。

「お前ら人前では少しくらい自重しろよな」

突然、後ろから声を掛けられ、苦情を言われたのかと遠山が振り返ると、そこには見知った顔の二人がいた。

「倉島《くらしま》⁉ と石山《いしやま》さん……？」

遠山と上原のクライメイトで、夏休み前にひと悶着《もんちゃく》あった倉島和人《かずひと》と石山沙織《さおり》の姿があった。

「どうしてここに……？」

遠山が不思議そうに倉島に尋ねる。

「そりゃオープンキャンパスに来たからだろ」

確かに、言われてみればその通りである。遠山は動揺してそこまで気が回らなかった。

「あ、そうか……倉島たちもここ受験するのか？」

「まあ、候補としては考えているからな。沙織がオープンキャンパスに行ってみたいって言うから来てみれば……」

倉島は苦笑しながら続けた。

「うちの制服を着たバカップルがいると思ったら、まさかお前らだったとはな」

やはり他人の目から見ても、遠山と上原はバカップルと認定されていたようだ。

「麻里花《まりか》も少しは場所を考えて人目を気にしろよな」

「う、うん、ごめん……」

倉島の言うことは、全くもって正論で、上原はシュンとしてしまう。

「遠山も流されてばかりでどうすんだよ？　もっとシッカリしろよ？」

「す、すみません……」

これもまた事実なので遠山は何も言い返すことはできなかった。

「まったく、なんでこんな奴《やつ》——」

倉島は言い掛けた言葉を呑《の》み込んだ。

「じゃあ俺たちは行くよ」

倉島はそう言って踵《きびす》を返した。

「上原さん、また学校でね」

終始無言だった石山は去り際に上原に声を掛け返事も聞かずに、先に立ち去った倉島を追っていった。

「あの二人、付き合ってるのかな？」

立ち去る石山の背中を見ながら上原がポツリと呟《つぶや》いた。

「どうなんだろ？　学校では二人でいることが多かった気がするけど……」

だが付き合っているという噂《うわさ》は聞いたことがなかった。

「でも、上手《うま》くいってそうな感じがするね」

石山が倉島の背中を追い掛けているのは変わらずあの時と同じだが、雰囲気が二人とも柔らかくなったように遠山は感じた。

「きっと上手くいくよ」

性格に一部難ありだが根は真面目《まじめ》な倉島に、恋に盲目になってしまい道理を踏み外しかけたが一途な石山の二人なら上手くいくことだろう。是非そうあって欲しいと心から遠山と上原は願った。

「上原さん……今更だけど、僕たちは人目を気にしようか……」

「そ、そうだね……楽しくてテンション上がってしまって……ゴメン」

「い、いや上原さんが謝ることじゃないよ。僕もちゃんと言えばよかったのに悪い気がしなかったからつい」

「恥ずかしくて本当は嫌だったとかじゃない？」

「いやいや、そんなことないって！　むしろ嬉《うれ》しかったというか……なんというか」

「ならよかった……」

遠山が無理に付き合ってくれたのではないと分かってホッとした上原は、いつもの笑顔に戻った。

そんなやり取りをしている遠山と上原は、相変わらず甘い雰囲気を周囲に振《ふ》り撒《ま》いていることに気付くことはなかった。


学食で食事を終え二つほど体験講義を受講した二人は、在学生に個別で質問ができる企画に参加するため移動を始めた。

「質問っていってもなぁ……何を聞けばいいんだろ？　上原さんは何か聞きたいことある？」

「確かに聞きたいことってあるかな？」

遠山も上原も具体的には思い浮かばないようだ。

「とりあえず会場に行ってみてから考えるか」

「そうだね、質問しづらいような雰囲気だったらやめればいいし」

会場には並べられた机に在学生が十人ほど待機していて、質問したい相手を選んで並ぶ方式のようだ。

「上原さん、あそこだけやたら行列ができてない？」

どの在学生にも一人か二人は質問待ちの学生の列ができていたが、一ヶ所だけ質問を受ける在学生の姿が見えないほどの人が列を作っていた。しかも並んでいるのは男性ばかりであった。

「なんだろ……？」

遠山はどんな人が質問を受けているのか気になり、列の隙間から在学生の姿を窺《うかが》ってみた。

「げっ！」

その姿を確認した瞬間、遠山は渋い表情を見せた。

「う、上原さん！　ちょっと来て！」

「な、なに？　遠山どうしたの？」

呼ばれた上原は何事かと、遠山の視線の先を列の隙間から覗《のぞ》いて確認する。

「れ、伶奈《れな》さん!?」

なんと在学生として質問を受けていたのは、高井柚実《ゆみ》の姉、高井伶奈であった。

「お姉さん、この大学の在学生だったのか……？」

「そうとしか考えられないよね……」

遠山と上原が茫然《ぼうぜん》としながら伶奈を眺めていたが、運悪く遠山と伶奈の視線が合ってしまう。

「やばっ！」

慌てて視線を逸《そ》らすも時すでに遅し。

「ああっ！　そこの可愛《かわい》い彼女を連れたお兄さん！　私に質問があったら是非並んでね！　カップルでの質問も大歓迎だよ！」

伶奈は立ち上がり、周囲に聞こえるほど大きな声で遠山に声を掛けた。お陰で並んでいた学生の目が一気に遠山と上原に集中する。

――あれ、絶対ワザとだろ⁉

伶奈のニヤけた表情は明らかに面白がっているのが分かる。

「え、遠慮しときます！」

遠山はそのひと言を残し、上原の手を引き逃げるように会場を後にした。


「相変わらずだな、あの人は……」

会場を飛び出した遠山はため息をついた。

「それにしても伶奈さん、凄《すご》い人気だったね。アイドルの握手会みたいだった」

伶奈はグラビアモデル並みのスタイルで、容姿もヘタな芸能人より良い。大学ではさぞかしモテていることだろう。今日その一部を垣間見《かいまみ》た遠山は高井柚実の姿を思い出す。

「それにしても姉妹なのに性格が高井とは正反対だよな」

「高井さんも可愛いし、大学生になったら凄いモテると思うよ。今でもクラスでファンも多いみたいだし」

「えっ⁉　そうなの？」

「そうだよ。遠山が知らないだけ。あまり騒がれないのは以前とのギャップがあるからみんな戸惑ってるだけだと思うよ。三年でクラス替えして環境が変わったらどうなるか分からないよ？」

上原が言う『どうなるか分からない』というのは、言い寄る男が増えたら取られちゃうかもよ？　と言っているように遠山には感じた。

「焦っちゃった？」

黙っている遠山の気持ちを試すような言葉で上原は問い掛けた。

「それは……」

遠山はその質問に言葉を詰まらせた。だが、内心では高井に他の男の影がチラつくことは面白くないと感じていた。

「ごめん、意地悪な質問だったね……」

言葉に詰まる遠山の姿を見た上原が失言だったと謝罪する。

「そんなことないよ。でも……正直言えばイヤ、だな……」

上原の前だからと取り繕うことはせずに、遠山は本心を隠さずに話した。

「そうだよね……私もなんかイヤ。なにがっていうのは分からないけど……おかしいよね、そうなればライバルが消えて嬉しいはずなのに」

同じ〝好き〟を共有している高井が、どこの馬の骨か分からない男に靡《なび》いてしまうのは面白くないのだろうか。ライバルであり親友でもある高井に対して、上原は複雑な想いを抱いていた。

「でも……遠山の本心が垣間見えてよかった。今までそういった感情を全然見せてくれなかったから。遠山でも悩むんだなって。悩むってことは私が入り込む余地があるよね？」

そう、悩むということは高井、上原のどちらにも遠山が等しく好意を抱いていることに他ならない。つまりは上原にもチャンスがあるということだ。

「僕は――」

「あー！　いた！」

「お、お姉さん⁉」

遠山が何かを話そうと口を開いた瞬間、伶奈の登場で中断されてしまう。

「遠山くんと麻里花ちゃん、せっかく会えたのに逃げちゃうんだもん。お姉さん探しちゃったよ」

「れ、伶奈さん⁉　質問会はどうしたんですか？」

伶奈に質問したいと並んでいた人数はこの短時間では捌《さば》けないはずだ。一体どうやってここに来たのだろうか？

「ちょっと疲れたから休憩するって言って出てきちゃった」

なんと自由奔放なのだろうか？　なぜこの人を大学側が質問会の回答者に選んだのか遠山は不思議でならなかった。

「ええ……そんないい加減でいいんですか？」

さすがの上原も少し引いてるようだ。

「いいのいいの。どっちにしろ、あんな人数じゃ時間内に終わらないし。それに同じような質問ばかりしてくるから面倒くさくなっちゃった」

「どんな質問だったんですか？」

伶奈が面倒だという質問が何なのか興味が湧いた遠山は尋ねてみた。

「聞きたい？」

「やっぱいいです」

なんか勿体《もったい》ぶった伶奈の態度に、少しだけイラッとした遠山は面倒くさくなった。

「いやーん、ちゃんと聞いてよー」

棒読みの台詞《せりふ》に更にイラッとさせられるが、伶奈は構ってちゃんなので放っておいても面倒なだけだ。

「はいはい、分かりました。で、どんな質問だったんですか？」

「よくぞ聞いてくれました！」

「上原さん帰ろっか」

さすがの遠山も本当に帰りたくなった。

「ごめんなさい、ごめんなさい。ちゃんと答えるから」

「もう次はないですよ」

本当は言いたくて仕方がない伶奈であった。

「ちゃんと答えるから聞いててね。えーと一番多かったのは『彼氏いるんですか？』とか『好きな男性のタイプを教えてください』かな」

「想像通りだった！」

なんとなく予想はしていたが、やはりというか伶奈に聞きたいことといえば、そんなことだろうと遠山には分かっていた。

「伶奈さんも大変ですね……」

同じ女性として上原が同情している。

「で、遠山くんはどっちだと思う？」

「なにがですか？」

「彼氏がいるか、いないか」

「いや、興味ないんで」

「ホントに遠山くんは私に対して塩対応だよね。柚実と二人きりの時は――」

「わーッ！　何を言い出すんですか⁉」

――上原さんがいるのにこの人は何を言い出すんだ⁉

「むぅ……」

対して上原は面白くなさそうだ。少し拗《す》ねているように見える。

「分かりましたよ……それで彼氏はいるんですか？」

もう、伶奈が満足するまで付き合うしかないと遠山は半ば諦め始めていた。

「ふふふ……それはね……ヒ・ミ・ツ」

――くっ……この女《アマ》……初めから真面目《まじめ》に答える気がないな。

さすがの遠山も伶奈に振り回されっ放しである。

「でも、私は伶奈さんに彼氏がいるか知りたいです。伶奈さんみたいな素敵な人がどんな男性を選ぶのか興味があります」

上原の言うように、伶奈を相手にできる男性はそうそういないだろう。遠山もその辺に興味がないわけではない。

「麻里花ちゃん本当にいい子！　私の妹にしたいくらい！　そんな麻里花ちゃんに免じて彼氏の有無は置いておいて、好みの男性のタイプなら教えてあげてもいいよ」

「ホントですか⁉　ぜひ！」

上原は少し興奮気味なのか身を乗り出す勢いで伶奈に詰め寄った。

「私はね……遠山くんみたいな男性が好みかなぁ」

――はっ⁉

それを聞いた遠山も上原も数秒間だけ時が止まったかのように固まった。

「じゃあ、私は戻るからオープンキャンパス楽しんでね！」

伶奈は爆弾を落として、この場を足早に立ち去った。

「ま、まあお姉さんのことだから僕のことを揶揄《からか》ったんだよ。きっと」

さすがに上原に対して気まずくなった遠山は言い訳をする。

「ううん……遠山が好みだっていうのは本当のことだと思うよ」

揶揄っているという遠山に対して上原の表情は真剣そのものだった。

「そんなことはないと、思うけど……」

「私には何となく分かるの……伶奈さんみたいな人がこんな態度取るのはたぶん遠山にだけだよ」

女の勘というやつなのかは分からないが、これ以上ムキになって違うと言っても上原を否定することと同意になると思い、遠山はそれ以上この話に触れることはなかった。

とはいえ、なぜこの場で伶奈はあのような発言をしたのか、知りたいと思う気持ちは残っていた。

「上原さん、どうする？　見ていないのはサークルの模擬活動くらいだけど？」

「うーん……サークルは別にいいかなぁ。今のところあまり興味はないし」

「そうだなぁ……僕も興味ないかな。じゃあ、今日はこれで終わりにして帰ろうか？」

「うん、そうだね」

　こうして遠山と上原は初のオープンキャンパス体験を終えた。

　二人はキャンパスを後にし、駅に向かって歩いている。そこに会話はなかったが、今の二人はお互いが無言でも、心地よい時間を過ごすことができる関係になっていた。

「遠山……手を繋《つな》いでもいい？」

　上原がチラッと隣を歩いている遠山に目をやると、不意に手を繋いできた。

「いいも何も……もう繋いでるよ」

「あはは、そうだね……今日は楽しかったね。実際に通い始めたら学業も大変だと思うけど……」

　上原と過ごした仮想キャンパスライフはとても楽しかった。

「そうだね……でも、今日体験したのは楽しいことだけだから実際には大変なことも多いと思うけど」

「でも、遠山とこうして一緒なら毎日楽しいだろうなぁ」

　今日、上原と体験したことは、恋人同士で同じ大学に通っているような感覚だった。もし、一人で来たのならここまで楽しめなかっただろう。そして、高井と二人だったら、上原と高井の三人だったらと遠山は考えてしまう。

「この大学に入るなら、お互いにかなり頑張らないと」

今、遠山がイメージしたことは想像でしかない。現実には受験という壁もある。夢だけを見ているわけにはいかないのだ。

「だよね……今の学力だと私には難しいかもしれないけど……でも、私はこの大学に通いたいな……遠山と一緒に」

「そうだね……僕も上原さんと一緒に通えたらきっと楽しいと思う。今日一緒にいてそう思ったよ」

上原が『一緒に通いたい』と遠山に向かって言うのは、これで二回目だ。そんな健気《けなげ》なアピールに遠山は今できる最大限の返事をした。

「ホント⁉　えへへ……嬉《うれ》しいなぁ……じゃあもっと勉強頑張らないと」

そんなことを言われると思っていなかったのか、少し驚いた様子で上原は照れくさそうにはにかんだ。

「やる気が出たのは何よりだよ。僕ももう少し頑張らないとなぁって気持ちになったし、今日は誘ってくれてありがとう」

遠山も漠然としていてあまり考えていなかった大学受験だが、目標みたいなものが見えてきた。誘ってもらえなければ夏休みを無駄に過ごしていたかもしれないと、上原に感謝の言葉を伝えた。

「そんな、お礼なんていいよ……私はただ――」

そこで上原は言葉を止めた。

「ただ？」

遠山は続きを促す。

「ただ……遠山に会いたかっただけ」

繋いでいる上原の手にギュッと力が入る。

「……ありがとう、今はこれしか言えない。ごめん上原さん」

隠さずに好意を伝えてくる上原に対して、遠山はそのひと言だけを返した。上原に対する自分の気持ちを正確に伝えるには自分、ひいては高井と向き合う時間が必要だと遠山は感じていた。

「ううん、いいの……私はこれで満足だから」

それが上原の本音なのか、本当は我慢しているのかもしれないし、不満もあるのかもしれない。しかし、それは上原本人にしか分からない以上、言葉通りに受け取るしか遠山にはなかった。

少しずつだが二人はお互いの気持ちを確かめ合うことで、その距離を縮めていった。

第三話　南国へのお誘い

I am boring, but my classmates do not know what I am doing in your room.

「大事な話ってなんだろ？」

遠山《とおやま》は高井《たかい》に話があるからと呼び出され、真夏の酷暑の中、汗を流しながら待ち合わせ場所の駅前のカフェへと向かって歩いていた。

「それにしても、暑いな……早く何か冷たい物を飲みたい……」

あと三十分も外にたら熱中症になる自信が遠山にはあった。それほど、夏の日差しは容赦なく照り付けていた。

「おお、涼しい！」

待ち合わせの店に到着し、中に入ると冷たい空気が遠山の身体《からだ》に触れた。遠山はアイスコーヒーを注文し店内を見回す。

「高井はもう来てるかな……？」

店の奥の方に高井の姿を発見する。が、もう一人高井と向かい合って座っている見覚えのある後ろ姿が目に飛び込んできた。

「まさか……」

数日前にも振り回されたばかりの〝あの人〟の顔が遠山の脳裏に浮かんだ。

「高井、お待たせ……」

遠山はゆっくりと高井の座っているテーブルに近付き、恐る恐る声を掛ける。

「遠山くん、待ちくたびれたよ！」

高井に声を掛けると背を向けていた女性は振り向き、とびっきりの笑顔を遠山に向けた。

「お姉さん、まだ待ち合わせの時間の前ですよ？　どれだけ前から来てたんですか？」

「そうねぇ……十分くらい前？」

「それって待ちくたびれるような時間じゃないと思いますけどね」

──それにしても、お姉さん、一回はおふざけしないと気が済まないのだろうか？

「柚実《ゆみ》が早く遠山くんに会いたいって言ってたから」

「姉さん⁉　私そんなこと言ってないよ！」

伶奈《れな》のおふざけは妹にまで飛び火していた。

──挨拶みたいなものなのかな……うん、考えるのはやめよう。

深い意味はないと判断した遠山は時間の無駄だと考えるのをやめ、伶奈の向かいの席、高井の隣に腰掛けた。

「高井、それで大事な話って？　お姉さんが関係ある話？」

伶奈に引っ掻《ひ》き回《か》さ《まわ》れて忘れそうだが、大事な話があると遠山は高井に呼び出されている。

「それは私から話をさせてもらうね」

わざわざ家族が説明する必要があるような大事な話なのかと、遠山は身構える。

「遠山くん、大事な話っていっても、大層なことじゃないから緊張しなくても大丈夫だよ」

「そ、そうですか……」

怜奈には遠山の緊張が伝わってしまったようだ。

「八月のお盆が明けた二十五日から三泊四日で沖縄に行く予定なの」

「怜奈さんが？」

「そう、モデル事務所の友達と四人で行く予定だったんだけど、他の三人に大事な仕事が入っちゃって行けなくなったのよ」

「なるほど……呼ばれた理由がなんとなく分かりました」

「そう！　遠山くん代わりに行かない？　キャンセル料金はまだかからないけど、キャンセルするのは勿体《もったい》ないしね。柚実は行くって言ってるし、あと麻里花《まりか》ちゃんと、美香《みか》ちゃんと千尋《ちひろ》くんも呼んでさ」

キャンセルしたのが三人なのに五人誘うとは？

「それだと、二人オーバーしません？」

「さっき、調べたんだけど同じホテルにもう一部屋空きがあったから予約しておいたの。

前日までキャンセル料金なしだったし、飛行機もバッチリ予約済みよ」

――伶奈さんの行動力は凄《すご》いな……キャンセル前提で予約しちゃうなんて。

「飛行機まで？　飛行機ってキャンセルしてお金返ってくるんですか？」

「ＬＣＣだからお金では返ってこないけど、バウチャーで返ってくるからキャンセルしても次の機会に使えば損はないよ」

「はあ……それなら安心しました。せっかくのお誘いなんですけど、僕は行けません」

遠山が誘いを断った瞬間に高井が明らかに残念そうな表情を見せた。

「どうして？　なにか予定があるとか？」

伶奈が遠山に理由を尋ねる。

「いえ、特に予定はないんですが……その……お金がないです。沖縄旅行ともなれば結構お金もかかると思うのでさすがに……」

何か月も前から予定しているのであれば旅費を貯《た》めることもできたろうが、もう三週間弱しかないので貯める時間はない。

「佑希《ゆうき》、旅行代金は私が出すから……一緒に行きたいな」

隣に座っていた高井が不安げな表情を浮かべ、懇願するような眼差《まなざ》しを遠山に向けた。

「い、いや……さすがにそういうわけにはいかないよ」

「さすが、遠山くん！　ヒモの素質あるよ!?」

「お姉さん……全く嬉しくないんですけど」

「私、バイトしてるから少し貯金あるし、払ってもらうのが嫌なら一時的に立て替えるっていうのじゃダメかな……？」

正直なところ遠山は沖縄に行きたいと思っている。しかし、同級生にお金を借りてまでというのはプライドが許さなかった。

「分かった……僕も沖縄には行ってみたいし、高井がそこまで言ってくれるなら……でも、高井からは借りない。親に借りることができないか相談してみる。それでダメだったら諦めてください」

「おお、遠山くん男らしい！　ヒモの素質があるなんて言ってゴメンね」

「お姉さん、全く悪かったと思ってないでしょう？」

「柚実、よかったね。あとは裏から遠山くんのご両親に手土産《てみやげ》を持っていけば大丈夫だよ」

「姉さん、佑希のご両親には何を持っていったらいいかな？」

「いやいや、高井もお姉さんの冗談を真に受けないで！　うちの親に裏から工作とかやめてくださいね！」

「なら決まりだね。麻里花ちゃんたちへのお誘いは遠山くんに任せていいかな？」

「帰ったらみんなに連絡します。今日中に親に話すのでオッケーだったら明日にはみんなに報告します」

「うん、よろしくね。今、旅行の代金とか資料をメッセージで送るから確認して」

　伶奈はスマホを操作し遠山にメッセージを送った。

「……思ったより安いですね……っていうか、かなり安くないですか？」

　遠山は以前、沖縄に行きたくて旅行代金を調べたことがあったが、それよりかなり安い金額だった。

「旅行代理店でツアーを組むと実はそれほど安くはならないの。飛行機は時間帯や曜日によっては直接予約した方が安いし、ホテルもホテルドットコムみたいなサイトで探した方が安く済むのよ」

　伶奈は旅行が趣味で海外、国内問わず色々な場所へ行っている。

「そういう方法もあるんですね」

「だから、今回はＬＣＣっていう格安航空会社だし、宿泊はホテルじゃなくてウィークリーマンションなんだよ」

「ウィークリーマンション？　長期滞在する時に使うあれですか？」

「そうそう、別に短期間でも使えるよ。フロントがなくて普通のマンションだから自由に出入りできるし、キッチンもあるし便利だよ。ホテルだと毎日やってる部屋の清掃やシーツの交換がないから、宿泊料金が安いんだよ」

　怜奈は本当に色々なことを知っている。高校生と大学生ではこれほど違うのだろうか？　それとも怜奈だけは別格なのだろうか……とにかく怜奈は経験豊富で頼りになる。

「本当にお姉さんは色々と知っていて頼りになりますね。そこは素直に感心しました」

　さすがの遠山も怜奈が頼りになるというのは認めざるを得なかった。

「あら、嬉《うれ》しい。でも、私に惚《ほ》れちゃダメよ。柚実に恨まれちゃうから」

「ね、姉さん!?」

「お姉さんに惚れることは絶対にないのでそこは安心してください」

「そうキッパリ言われちゃうのも悲しいわねぇ」

　怜奈はいつものノリで遠山たちを揶揄《からか》って楽しんでいる。

「あれ？　最終日に泊まる場所がナガンヌ島ってなってるけど、これはなんですか？」

　予定表を眺めていた遠山が聞き慣れない地名を見つけた。

「ナガンヌ島は無人島で三日目はそこの海で遊んで、そのまま泊まる予定だよ」

「無人島なのに泊まれるんですか？」

「レジャー向けの無人島でレストランもあるし、宿泊用のレストハウスあるんだよ。共同だけどシャワーもあるよ」

「へぇ……それは便利ですね。シャワーがなかったりすると女性にはちょっと不便かもしれないですからね」

「海を汚さないように持ち込みのシャンプーとかの使用は禁止だけどね。そのお陰か周囲の海は抜群に綺麗《きれい》だよ。私、色んな所の海に潜りに行ったけど、ナガンヌ島付近の海が一番綺麗だと思う」

玲奈が言う潜ったというのはスキューバダイビングのことだろうか？　とにかく玲奈は多種多様な経験を積んでいるようだ。

「それは楽しみだなぁ……なんとか親を説得できるように頑張るよ」

「お、遠山くんもその気になってきたね」

「そんな話を聞かされたら行きたくもなるでしょう？」

「行ける確率を上げるには、やっぱり私と柚実でご両親に挨拶を……」

「いや、マジでやめてくださいよ⁉　行けるものが行けなくなるかもしれませんよ？」

玲奈が挨拶に来たら寧《むし》ろ行ける可能性が低くなるのでは？　遠山はそう思ってしまう。

「でも真面目《まじめ》な話、旅行の間は私が保護者になるから挨拶は必要かなとは思うの」

確かに未成年の高校生だけで行く旅行の保護者役として必要なのかもしれない。

「うちの両親にはちゃんと話しておくから大丈夫ですよ」

「そう？　ならいいんだけど」

玲奈は普段ふざけてはいるが、こういうところは常識があるので安心はできると遠山は信頼していた。

「お姉さん。それより三泊目にナガンヌ島に泊まるなら、ウィークリーマンションは二泊でいいんじゃないですか？　泊まらないなら勿体ないと思うんですけど？」

予定表を見てみるとナガンヌ島に泊まる日も、ウィークリーマンションに予約が入っていた。

「ナガンヌ島は天候が悪いと船が出ないから、必ずしも泊まれるわけじゃないの。もし、船が欠航になったら泊まるとこなくなっちゃうでしょ？　だから保険のためにウィークリーマンションも三泊で予約してあるの」

突発的なトラブルがあっても対処できるように考慮しているところなど、旅慣れしている伶奈に遠山は感心しっ放しだった。

「なるほど……確かに……」

「それにウィークリーマンションは一泊一人いくらじゃなくて、一部屋の値段だから一泊多くても一人二千円くらいしか変わらないしね」

「聞けば聞くほどお姉さんって優秀ですね。そこまで考えているなんて」

「もっと褒めてもらってもいいんだよ？　あ、でも私に惚れ――」

「はいはい、そういうのがなければホント完璧なのに」

伶奈が言いかけたお決まりの言葉を遮った。最後まで聞くのも面倒だったからだ。

「でも、真面目なだけじゃツマらないでしょう？　真面目な部分と面白い側面があるからいいのよ。ギャップ萌《も》えってやつ？」

「いや、お姉さんには全然萌えないですわ」

「遠山くんのいけず～」

　真面目な話、伶奈に萌える要素は全く感じない遠山だった。これで意外とドジだったりしたら萌えるかもしれないが、伶奈は完璧過ぎるのだ。

「それにしても……姉さんと佑希は随分仲良さそうだね」

　今まで二人の会話を黙って聞いていた高井が、ちょっと面白くなさそうにしている。

「なんか遠山くんとは相性が良いみたい。たぶん良い友達になれそう。だから柚実は嫉妬しちゃダメよ？　ねえ？　遠山くん」

「そうですね、僕がお姉さんに惚れることはミジンコほどにもないですね」

「あら、相変わらず冷たいお言葉。もしかして……遠山くんてS？」

「お姉さんにだけかもしれないです」

「ホントに仲良しだね！　最近一気に仲良くなった感じがする」

「柚実、もしかすると遠山くんが家族になるかもしれないでしょ？　だったら仲良くしておかないとね」

「か、家族って誰と……？」

「そりゃ柚実、アンタに決まってるじゃない」

「え、でも私はまだ佑希と付き合ってるわけじゃないし……高校生だし……まだ早いよねえ？　佑希？」

「ま、まあ……そうだけど大学受験もあるし……そういうのはもっとゆっくり考えればいいと、思うよ」

家族になる＝結婚だと思うのだが、さすがにまだ考えるような歳《とし》ではない。遠山もこれにはさすがに答えに窮した。

「そ、そうだよね……へへ」

遠山を家族に迎えるみたいな話で気を良くしたのか、高井の機嫌はすっかり直っていた。

——さすが妹のご機嫌を取る方法も熟知してるな。

伶奈は拗《す》ねてしまった妹のご機嫌を取るために、遠山をダシに使ったのだ。やはり伶奈は人をコントロールする技に長《た》けていると改めて遠山は実感した。

「話もまとまったことだし、今日はこの辺でお開きにしようか？　私と柚実はこれから買い物に行くけど遠山くんも一緒に行く？」

話が一段落着いたところで、伶奈が次の予定があるからと席を立った。

「いえ、僕は家に帰ってみんなに連絡を先にしておこうと思います」

「そう、じゃあ行けるかどうか分かったら連絡してね」

「はい、分かりました」

「佑希、一緒に行けるといいね」

高井もその表情から楽しみにしているようだ。

「ああ、一緒に行けるよう親を説得してみるよ。それとアルバイトもすぐに始めようかと思うんだ。こういう時のためにお金を稼いで貯金しておく必要もあるかなって」

「うん、頑張って。上手《うま》く説得できるといいね」

高井に励まされ、なんとしても説得してみせると決意する遠山だった。


高井と伶奈に沖縄旅行に誘われた日の夜、遠山は両親と妹の四人で夕飯のテーブルを囲んでいた。

――沖縄旅行のこと話さなきゃだけど、聞きにくいな……。

お金を貸して欲しいというお願いは、さすがに言い出しにくいようだ。

「あ、あの……親父《おやじ》、ちょっとお願いがあるんだけど……」

いくら言い出しにくいといっても今日中に聞くと約束してしまった以上、聞かないわけにはいかない。

「珍しいな、お前がお願いしてくるなんて」

「本当、佑希が頼みごとなんて珍しいわね」

遠山は本を買う以外で普段それほどお金を使わないので、何か物をねだったりすることがなかった。だから、両親にしてみれば珍しいことなのだろう。

「で、お願いってなんだ？」

「えーと……学校の友達のお姉さんがバイト仲間と沖縄旅行に行く予定だったけど、バイト仲間の人たちに予定ができてキャンセルになったから、代わりに行かないかって誘われて……その……行きたいんだけど……お、お金がないから貸してもらえないかって……な、夏休みバイトして、一気には返せないけど——」

「いいぞ。いくら必要だ？」

「ちゃんと返すって……えっ⁉　貸してもらえるの……？」

借りた後の返済のことまで説明しようとしたが、それを聞かずに父親はアッサリと承諾してくれた。

「別に構わないよな？　母さん」

父親は母に同意を求める。

「そうね……来年の夏休みは受験で旅行どころじゃないだろうし、今年、学校のお友達と行くのは構わないと思うわ」

「ホント？　ありがとう親父、母さん……」

「えーっ⁉　お兄ちゃんだけズルいぃ！　菜希《なつき》も行きたいぃ！」

菜希が行きたがるのは遠山の予想通りだ。兄が出掛けると言い出すと必ず一緒に行きたがる。これは兄離れしていない一種のブラコンなのかなと遠山は思っている。

「菜希、今回は行くメンバー決まってるから残念だけど連れていけないんだ」

「菜希、お兄ちゃんが学校のお友達と旅行に行くのは今年が最後になるかもしれないから、あなたは我慢して」

母親が菜希を窘《たしな》め、助け舟を出してくれる。

「むぅ……じゃあ、諦める。でも……お土産《みやげ》買ってきてよ」

「ああ、お土産くらいお安い御用だ。何が欲しいか考えておいてくれ」

菜希がアッサリ諦めてくれて遠山はホッとする。

「高井先輩と上原《うえはら》先輩も一緒なんでしょ？」

「ほう、菜希はその二人を知っているのか？」

菜希が余計なことを言ったお陰で、父親が興味を示し始めた。

「うん、二人とも会ったことあるけど清楚可憐《せいそかれん》な可愛《かわい》い人と、無駄にオッパイが大きくて派手で綺麗な人だよ」

——ぶぷっ！

菜希がいきなりとんでもないことを暴露してしまい、遠山は思わず吹き出してしまう。

それにしても菜希の上原に対する扱いが相変わらずヒドい。

「まあまあ。どちらかのお嬢さんが佑希の彼女さんとかかしら？」

母親まで興味を持ち始めて面倒なことになってきた。余計なことを口走った菜希を遠山は恨めし気に睨《にら》むも当の本人は涼しい顔だ。

——連れていってくれない腹いせか？

「い、いや別に付き合っているわけじゃないけど……」

「ほう、じゃあどちらが本命なんだ？　ん？」

父親も息子の恋バナに興味津々で、遠山は話をどう終わらせるかで頭を悩ませた。

「今度、二人とも連れてくるから！」

否定しても肯定しても根掘り葉掘り聞かれそうだったので、遠山は両親に会わせるからという約束をして有耶無耶《うやむや》にしようと考えた。

「おお、それは楽しみだな。ぜひ父さんと母さんがいる時に呼んでくれ。いいよな、母さん？」

「ええ、もちろん。佑希には高校生にもなって、彼女の一人もいない寂しい学校生活を送っているのが不憫《ふびん》に思っていたから安心したわ」

母親に不憫だと思われていたのが遠山には少しショックだった。

「だから彼女じゃないって。今度連れてくるからこの話はもうお終《しま》い！」

「あの慌てよう、なんだか怪しいな？　母さん」

「あなた、あれは恥ずかしがっているのよ。そういうのが恥ずかしい年頃だから、あまり詮索しないであげて」

「それもそうだな……で、その友達のお姉さんが保護者として一緒に行ってくれるんだろ？　高校生だけだとさすがに許可できないぞ」

やはり高校生だけで沖縄旅行に行くのは、さすがに認めてもらえないようだ。

「それは大丈夫だよ。伶奈さんは二十歳《はたち》過ぎてても う就活中らしいし、シッカリしてる人だから頼りになるし」

「伶奈さんと仰《おつしや》るのね？　お礼をしなければいけないから、今度彼女さんを連れてくる時にでも一緒に呼んでね」

――アレ？　いつの間にか、高井か上原さんが彼女扱いになってるぞ……？

遠山の両親は意外と大雑把《おおざつぱ》で奔放な性格だった。

「伶奈さんには伝えておくから。家に来るか分からないけどね」

伶奈の性格からして目上の相手に対しては、遠山に対するような態度は取らず礼儀をわきまえるだろう。普段はふざけているが、一般常識を持ち合わせている伶奈に遠山は世話になりっぱなしだ。だから、本当は家に呼んでも構わないと思っている。

今回の沖縄旅行も誘ってもらえて感謝している遠山であった。

第四話　アルバイト

I am boring, but my classmates do not know
what I am doing in your room.

　両親からあっさり沖縄旅行の許可が出て、その日のうちに沖田《おきた》と上原《うえはら》に事情を説明し二人とも沖縄に行くことになった。相沢《あいざわ》には上原から連絡してもらい今は返事待ちの状態だ。どうやらアルバイトが入っているらしく、代わりに出勤してくれる人を探しているようだ。

　沖縄旅行という夏休みの予定ができた遠山《とおやま》は、残りの休みを有効活用するためにスマホでアルバイトを探していた。

「やっぱり短期ですぐにお金貰《もら》えるほうがいいのかな？」

　スマホに映し出された求人広告をスクロールしながら、遠山はあまりの求人の多さにどれを選んでいいのか分からなくなる。

「それにしても求人ってたくさんあるんだな……何を基準に選んだらいいかサッパリ分からないや」

　短期アルバイトは倉庫作業など肉体労働が大多数を占め、飲食店や物販などのサービス業は長期の求人が多い。

「やっぱ……倉庫作業とかイベント設営とかかな？」

高校生不可の求人も多い。そう考えると職種のえり好みはできないだろう。

色々と考えていた遠山は少し面倒くさくなり、スマホをベッドの上に放り投げ、仰向けに横になった。

アルバイトなどしたことのない遠山にとって、求人サイトに登録するという最初の一歩からハードルが高かった。

再びスマホを手に取り、アルバイトを探し始めると画面が急に切り替わり、メッセージアプリの無料通話の着信画面が表示された。

「高井《たかい》？」

珍しいことに高井がテキストメッセージではなく音声通話で電話をかけてきた。高井は口数も少なく用件のみの用事が多いので、音声通話はあまりしたことがなかった。逆に上原は話題も豊富で特に用事がなくても電話をかけてくることが多い。

「もしもし、高井？　電話してくるなんて珍しいね。何か急な用事でも？」

『佑希《ゆうき》、急に電話してゴメンね』

「いや、特に何かしてたわけじゃないから大丈夫だよ」

『よかった……前にアルバイトするって言っていたけど見つかった？』

「いや、ちょうどアルバイトの求人サイトを見てたんだけど、何をしたらいいのか分からなくてさ……」

『じゃあ、まだ応募とかしてないんだ？』

「まあね……アルバイトしたことないから、なんか二の足を踏んじゃってさ」

『うん、その気持ち私にも分かるよ。応募するのって勇気がいるよね』

「片っ端から説明会に参加すればいいんだけど、無駄な交通費も払いたくないし必要以上に慎重になっちゃってるみたいだ」

往復数百円を払って何件も説明会や面接に参加すると、それなりにお金はかかる。お金がないから働く必要があるのに働き始めるまでに出費が多いというのは本末転倒だ。

『あのさ……まだ決まってないなら、私がアルバイトをしている本屋で働かない？　今人手が足りなくて、もうすぐ辞める人もいてアルバイトを募集するって店長が言っていたから』

「マジで？　それなら是非お願いしたい」

遠山にとって渡りに船だ。知人が働いている職場ならブラックの可能性も低いし、何より知っている人がいるという安心感がある。

『分かった。店長に話をしてみる』

「高井ありがとう！　ホント助かるよ」

『でも、雇ってもらえるかは分からないよ。面接はしてもらえると思うけど……』

「それでも最初の一歩になるからキッカケとしては十分だよ」

『明日、アルバイト入っているから、話をしてみるね』

「うん、よろしく頼み――あっ……」

遠山は何かを思い出したのか言い掛けた言葉を途中で止めた。

『どうしたの佑希？』

「あのさ……上原さんも一緒に働けないかな……？　沖縄旅行の話をした時に何かアルバイトを探すって言ってたから……」

遠山だけコッソリと高井のアルバイト先で上原に内緒で働き始めるというのは、何か違う気がした。今の三人の関係性からして、コソコソする必要はないという遠山の判断だった。

『……分かった。何人か採用するって言っていたから、上原さんのことも店長に話してみる』

返答までに一瞬の間があったが高井は同意してくれた。

「無理言ってすまない」

『ううん、そんなことないよ。明日、店長に話して結果は夜に連絡するから』

「うん、分かった。よろしく頼みます」

『じゃあ、おやすみなさい』

「ああ、おやすみ」

――ふぅ……最後は少し緊張したな。

お休みの挨拶を交わし、通話を切った遠山は緊張感から解放され小さく息をついた。

「上原さんにバイトの件、連絡しないと」

遠山がなぜ、上原も一緒に働けるようにお願いしたのか、それは本人にもよく分かっていない。だが、以前の遠山なら黙って自分だけ働いていただろう。高井との関係が上原に知られてから遠山の心にも少しずつ変化が表れ始めた。

◆

高井のアルバイト先で働くという話は、アッサリと決まった。店長は一気に二人も決まって大変喜んでいたそうだ。本屋の時給は正直あまり高くはない。その地域での最低時給の店も多い。高校生ならなおさらだ。

店長と面接も済ませ夏休み中は週四日出勤の八時間労働でシッカリ働き、学校が始まったら週二~三日くらいで夕方から四~五時間くらいの勤務ということで話はまとまった。沖縄旅行の日程中は、無理を言って休ませてもらうことになった。

こうして店長の計らいで働けるようになり、今日が遠山と上原の初出勤日になる。

「遠山、どうしよう……めちゃめちゃ緊張してきた……」

　駅で遠山と合流し、勤務する本屋までの道のりを歩いている上原は初めてのアルバイトということで、かなり緊張しているようだ。

「いや、僕も緊張してるから……でも、高井の話だとみんな良い人ばかりそうだから大丈夫だよ……たぶん」

　大丈夫と遠山から励ましたいところだが、当の本人も初めてのアルバイトに緊張を隠せていなかった。

　そうこうしているうちに店の前に二人は到着したが、二人ともなかなか店内に入ろうとしない。

「よし！　中に入ろう！」

　入り口付近で立ち止まっていても、邪魔になるだけだ。遠山は覚悟を決めて自らを奮い立たせ店の入り口に足を踏み入れた。

「あ、遠山待ってよ⁉」

　遠山が入れば自《おの》ずと上原もついてくるだろうと、一人でさっさと店内へと進んでいった。

　今日は高井も出勤しているはずだが店内にはいないようだ。

「きょ、今日からアルバイトで入りました遠山です。よろしくお願いします」

　遠山はレジに客がいないタイミングを見計らってスタッフに声を掛けた。

「お、同じく今日から働かせていただくことになりました上原です。よろしくお願いします」


遠山と上原は緊張しながらも、スタッフに挨拶をして頭を下げた。

「ああ！　君たちが高井さんの同級生の新人さんだね？　俺はアルバイトの青木《あおき》です。よろしくお願いします」

対応してくれた若い男性スタッフは大学生くらいで、爽やかなイケメンだった。

「は、はい、よろしくお願いします」

イケメンを目の前にして遠山はなぜか緊張し、つい畏《かしこ》まってしまう。やはり高校生と違って大人な雰囲気に加えイケメンという青木に、遠山は年齢の差というものを感じた。

「俺はレジから離れられないから、悪いけど二人で店長の所に行ってもらえるかな？　面接で来ただろうから場所は分かるよね？」

「あ、はい大丈夫です。忙しいところすみませんでした」

「じゃあ、また後でね」

遠山が頭を下げると、青木は手をヒラヒラと振りながらそれに返答した。

「優しそうな人だったね」

面接に来た時には会わなかった初対面の青木に対し、上原は好印象のようだ。

「すごく良い人そうで少し気が楽になったよ」

高井に仕事を教えてもらうのが一番気楽だが、そう甘えたことを言ってはいられない。

しかし、できれば人柄の良さそうな青木のようなスタッフに教えてもらいたい。

遠山と上原はバックヤードを抜け、事務所の前に到着するとドアをノックした。

「どうぞ」

中から聞こえてきたのは店長の声だろうか？

「失礼します」

遠山と上原は事務所のドアを開け、中に入ると店長と高井の姿がそこあった。二人はモニターに向かい何かのパソコン作業をしているようだ。遠山たちに気付いた高井はモニターからこちらに顔を向けたがすぐにモニターに顔を戻した。

元々、友達を見つけたからといって、はしゃぐタイプではないので、妥当な反応だろう。

「遠山くん、上原さんお疲れさまです。今から高井さんに更衣室を案内してもらってください。名前が書いてあるロッカーに制服が入っているので、着替えたら事務所に戻ってきてください」

「それじゃ高井さん、よろしく」

作業を中断していた店長は高井に案内をお願いし、再びパソコンのキーボードを叩《たた》き始めた。

「それじゃ、二人とも更衣室に案内するからついてきて」

こうして遠山と上原の記念すべき初のアルバイトが始まった。

「青木さん、今日はありがとうございました」

アルバイト初日、上原は仕事の大半を教わった青木に、お礼を述べて業務を終えた。

「上原さん、お疲れさま。二人とも気を付けて帰ってね」

「はい、明日もよろしくお願いします」

高井と上原は閉店時間の二十一時で勤務時間が終了となる。高校生は本来、二十二時まで勤務可能だが、この店では高校生の女子は二十一時までと決まっていた。帰宅が遅くなることで犯罪に巻き込まれることを避けるためだ。男性の遠山は二十二時までの勤務になる。

「遠山はあと一時間頑張ってね」

「上原さん、お疲れさまでした。高井も今日は色々とありがとう」

「佑希も残り時間頑張って」

高井と上原は残ったスタッフに挨拶をし、着替えを済ませ店の外へと出た。

「上原さん、今日はどうだった？」

「緊張したけど、スタッフのみなさん良い人ばかりでよかった」

「このお店のスタッフはみんな良い人で、私も入ったばかりの頃は随分助けてもらったの」

「私は高井さんと遠山がいるから気分的にかなり楽だけど、知らない人しかいない職場で働き始めるのって大変そう」

　上原自身が言っているように、知り合いがいる職場というのは今回のように誘ってもらわない限りは稀《まれ》で、普通は人間関係がゼロからのスタートだ。一から人間関係を構築しなければいけないことを考えると上原と遠山は恵まれているといえる。

「うん、アルバイトを始める前は凄《すご》く不安だったけど、親しみやすい人ばかりだったから人見知りの私でもすぐに仲良くなれた。藤森《ふじもり》さんっていう同学年の女子もいるんだけど、上原さんならすぐに仲良くなれると思う」

　今や藤森は高井の一番仲の良い友達と言っても過言ではなかった。

「そっかぁ……それは会えるのを楽しみにしてる」

　駅までお喋《しゃべ》りをしながら歩いている高井と上原の会話が途切れる。元々、高井はお喋りな方ではないので、遠山と一緒の時でも二人きりだと会話が途切れることはよくある。

「ねえ……高井さん、聞きたいことがあるんだ」

　会話が途切れ、黙々と二人で駅に向かって歩いていく中、上原が足を止め、口を開いた。

「上原さん、聞きたいことって？」

「……どうして、私までアルバイトを紹介してくれたの？」

「どうしてって……佑希に頼まれたからだよ？」

「そうじゃなくて、頼まれたからって高井さんはどうして私と一緒に働く気になったの？」

「ごめんなさい……上原さんの言っている意味が分からないの」

上原の言っていることが高井には理解できなかった。

「高井さんにとって私って邪魔者じゃない……だったら……仕事を紹介しなければ遠山とあなたは二人で一緒に働くことができるのに……なんで？　私は遠山が好きで……あなたも遠山が好きでライバルなんだよ？」

上原が苦しそうに絞り出した言葉で、高井はようやくその意味に気付いた。

「……佑希は上原さんに頼まれたわけじゃないのに、一緒に働かせて欲しいって私にお願いしてきた。あなたと一緒に働きたいというのは佑希が望んだこと。それを私が勝手に断れるわけがない。私は佑希が望まないことは絶対にしない、だから佑希が望むことはなんでもする」

「……たとえば、私と付き合うからあなたに身を引いて欲しい、って遠山に言われたら従うの？」

「佑希がそれを望むなら」

「なんで……？　あなたは身も心も捧《ささ》げるほど遠山のことが好きじゃなかったの⁉　それなのに諦めちゃうの？　もう、遠山のこと好きじゃないの？」

高井と遠山に身体《からだ》の関係があると知っても、上原は諦めることがなかった。だから高井の、その覚悟が理解できなかった。

「そんなことない！　今でも私は佑希が大好き……少し前の私だったら諦めないと思う。実際に佑希の気を引きたくて色々と迷惑を掛けた。私には何もないと思い込んでいて、こんな私でも必要としているのは佑希しかいないと思い込んでいた……でも、違った。私にはお母さんもいるし姉さんもいる。相沢さんも沖田くんもいる。そして上原さん、あなたという友達も。私が佑希一人に執着して、お荷物になって迷惑を掛けるくらいだったら私は身を引く。それで佑希が幸せになれるなら……それで——いい」

高井は最後に言葉を詰まらせながらも言い切った。

「分かんない……私には分からないよ！　そんなの理解できない！　どうして自分の幸せだけを求めようとしないの⁉　私だったら……たとえ遠山が高井さんを選んだとしても、二番目になって一番になるまで絶対に諦めない！」

この上原の『絶対に諦めない』という言葉は、明らかに高井への宣戦布告であり、あくまで受け身である高井と、攻めの姿勢を崩さない上原とでは全てが正反対であった。

「上原さん……私だって諦めるつもりはない。だから、佑希が私を選んだとしても、あなたに同情したりはしない」

「もとより……私も高井さんに同情もしないし遠慮するつもりないから」

高井と上原はお互いに本当の心の内を明かした。その言葉に綺麗事《きれいごと》はなく、自分の思うようにするという意味だ。今更、表面を取り繕ったところで意味がないことは二人も分か

っていた。

　高井と上原がそんな会話を繰り広げているとは露知らず、遠山は閉店後の作業を青木に教わっていた。

「遠山くん、時間だから俺たちも終わりにしよう」

　青木が二十二時になり、勤務時間が終わったことを遠山に告げた。

「あ、もうそんな時間なんですね。青木さん、今日はありがとうございました」

「お疲れさま。ところで遠山くんは帰り電車？」

「あ、はい電車です」

「じゃあ、駅まで一緒に帰ろうか？」

「わ、分かりました」

　一緒に帰ろうという青木の提案に遠山は一瞬戸惑う。

　――今後のことも考えると仲良くしておかないと……な。

　青木のことが苦手とかそういうのではなく、コミュニケーションを取るのが苦手な遠山は正直なところ一人で帰りたいと思っていた。友達も増えた遠山だがボッチ気質は変わってはいない。

すっかり暗くなり、日中の暑さも和らいだ駅までの夜道を遠山と青木の二人は歩いていた。

「遠山くん、今日はどうだった?」

遠山は何を話していいのかと不安に思っていたが、青木から会話を始めてくれたのでホッと胸を撫《な》で下ろす。

「アルバイトが初めてだったのでホントに緊張しました。正直言うと、今日教わったことも緊張してあまり覚えてないです……」

「あはは、そうだよね。誰だって最初は緊張するよな。ま、慣れだよ。別に専門的で難しい仕事じゃないし、時間が経《た》てば自然と覚えるもんだよ」

「そうならいいんですが……人前に出るのが苦手なので特にレジが不安です」

「そういえば高井さんも最初はレジが苦手だって言ってたなぁ」

「学校での高井の振る舞いを考えると、確かにそんな感じはしますね」

遠山以上に他人との交流を避けていた高井には、接客業務は特に苦手なことだろうと容易に想像できた。

「そういえば……遠山くんと高井さんは同じクラスだって聞いたけど、上原さんもそうなのかい?」

「はい、三人とも同じクラスです」

「そっか……ところで……上原さんは遠山くんの彼女？」

「い、いえ違います！」

唐突な質問に驚いたが、青木が上原を気に入って質問してきたと考えると、おかしなことではない。

「二人して一緒にアルバイトを始めたから、てっきりカップルなのかと思ったよ」

「僕がアルバイトを探していたら高井から声を掛けられて、ちょうど上原さんも探していたので流れで一緒にお願いしたというか……」

「高井さんから……うん、分かった。そういうことか」

何が分かったのか遠山には理解できなかったが、青木は何かを納得したようだ。

「あの、なにか……？」

「いや、こっちのこと。そういえば……俺は高井さんに告白して一回振られているんだよね」

普通は他人に知られたくないような内容にもかかわらず、青木は悩んでいるような素振りも見せず、実にアッサリした態度で話し始めた。

「そ、そうなんですか……？　そんな大事なこと初対面の僕に話してよかったんですか？」

突然のカミングアウトに、なぜそんなデリケートなことを自分に話したのか理解できない遠山は、頭の中が疑問符でいっぱいになった。

「なんとなく、君には知っていてもらいたくて」

「そうですか……」

——高井をデートに誘ったアルバイト先の先輩って青木さんだったのか……でも、振られたことをわざわざ僕に報告してくるって何が目的なんだろう……？

遠山はデートを断った以外の話を高井から何も聞かされていなかった。

——青木さんみたいな大人でイケメンの男性に告白されても断ったんだな……。

そう思うと嬉《うれ》しい半面、他の男性に告白されていたことを知った遠山の胸中は複雑であった。

高井が遠山に好意を抱き続けるとは限らないからだ。

「だからといって諦めたわけじゃないけどね」

一方的に語る青木の表情を見た遠山は、何が目的なのかを理解した。

——そうか……高井がどのように告白を断ったのか分からないが、僕が関係あると青木さんは確信しているんだ。

「……」

遠山は励ますとか応援するとか何かを言える立場ではないと分かっている。だから何も語らずに黙っていた。

「急にこんなこと聞かされても困るよなぁ。誰かに聞いてもらいたかったんだよ。変なこと言って悪かったね」

「いえ、そんなことないです……」

遠山がどういう反応を示すのか青木は窺《うかが》っているのかもしれない。だから遠山はそれ以上何も話さなかった。

微妙に気まずい雰囲気になってしまい、その後二人に会話はなくなり駅に着くまで黙ったまま歩き続けた。

「青木さん、僕は反対方向なのでここで失礼します。お疲れさまでした」

改札を抜けた遠山は一礼しホームに続く階段へと向かう。

「遠山くん、俺は諦めが悪い方でさ、チャンスがあれば何回でも高井さんにアタックするよ」

その言葉に遠山は足を止め、振り返ると青木と目が合った。そこに敵意や悪意とか負の感情は窺えなかった。あくまで好青年で優しい眼差《まなざ》しだった。

「それじゃ、また明日」

遠山は無言で頭を下げると、青木は手をヒラヒラと振りホームに続く階段へと消えていった。

――青木さん、僕たちのことを何か知ってるみたいだ……高井がどこまで話したかは分からないけど……明日からやりにくいな。

遠回しにライバル宣言をされた遠山は、明日からのことを考えると少し憂鬱になった。

アルバイト二日目。

「柚実《ゆみ》、おつかれ〜」

出勤時間が遅い藤森がバックヤードで遠山と上原に業務を教えていた高井に、気の抜けるような挨拶をした、

「藤森さん、お疲れさまです」

「お、もしかして新人さん？」

「うん、二人を紹介するね」

「ほほう……これが噂《うわさ》の二人か」

藤森は遠山と上原のことは以前、高井が相談した時に話をしたので、ある程度のことは知っていた。

「佑希、上原さん、ちょっといい？」

遠山と上原は、お店のバックヤードで高井に教わっていた業務の手を止め、藤森に向き直った。

「アルバイトの藤森さん。私たちと同じ二年生だよ」

「初めまして。あたしは藤森加奈子《かなこ》です。分からないことがあれば何でも聞いてね」

意外にも藤森は真面目《まじめ》に自己紹介をした。普段は店長や青木など年長者に対しても砕けた態度だが、初対面の相手に対してはいたって普通に対応している。根は真面目な証拠だろう。

「初めまして、遠山佑希です。高井の紹介で昨日から働き始めたばかりなので、よろしくお願いします」

「初めまして、上原麻里花《まりか》と申します。同じく昨日から働かせてもらっています。どうぞよろしくお願いします」

遠山と上原は藤森に頭を下げた。

「ああ、なるほど……キミたちが遠山くんと上原さんなんだね。柚実から話は聞いてるよ」

「え……？　高井さんから何を……ですか？」

二人のことは聞いているという藤森の言葉に、上原は不安そうに尋ねた。

「クラスにちょーカワイイ子がいるって柚実から聞いててさ、会ってみたら本当にちょー美人さんでビックリだったってこと」

「そんな……ことないですよ」

同性から褒められて上原は少し恥ずかしそうだ。

「カワイイは正義だからさ、そんなに謙遜しないで、もっとアピってもいいんだよ？」

「そ、そういうものですか？」

上原はやや困惑気味だ。

「柚実もさ、こんなにカワイイんだからもっとアピらないと勿体《もったい》ないよ。そう思わない？　遠山くん？」

藤森は意味ありげな眼差しを遠山に向けて同意を求めてきた。

「え？　僕に聞いてるんですか？」

「そうだよ？　今ここに男性は一人しかいないし」

いきなり、振られた遠山は返答に困り、助けを求めるように高井に目配せした。

「ふ、藤森さん……ちょっと恥ずかしいから……ね」

「そういう恥じらう柚実もカワイイ！　もっと自覚した方がいいよ？　アンタ目当ての客も多いんだからさ」

藤森が言うには、常連客の中に高井のファンは多いらしく、彼氏がいるかなど色々と聞かれることも多々あるようだ。

「そ、そうなの？」

自覚がない高井はそんなことは全く知らずにいたようだが。

「そうだよ。でも、これでまた一人、カワイイ女子が増えて賑《にぎ》やかになりそうだねぇ。あたしもカワイイ女子大好きだからさ」

藤森は上原に目をやり、楽しそうにしている。

「藤森、二人に失礼なこと言ってないか？」

店内からバックヤードに顔を出した青木が心配そうに声を掛けてきた。

「そんなこと言ってないって。達也《たつや》もカワイイ女子が増えて嬉しいっしょ？」

藤森はニヤニヤしながら青木の顔を覗《のぞ》き込んだ。

「俺は出会いを求めて仕事しているわけじゃないからな。誰が来ても同じだ」

「あーはいはい、達也は真面目だなぁ。あたしはカワイイ女子が増えて嬉しいよ。バイトすっげえ楽しみになった」

「お前と一緒にするな」

「まあ、達也は柚実がいれば十分なのかな？」

「藤森！　もう仕事に戻るぞ」

「はいはい、ごめんなさい」

口では謝ってはいるものの、藤森に反省している様子はない。

「まったく……遠山くん、それと上原さん、藤森が悪ふざけして悪かったね」

「いえ、青木さんと藤森さんは仲が良いんですね」

上原が言うように遠山から見ても茶化《ちゃか》す藤森に、青木は本気で怒っているでもなく、二人は実に楽しそうに会話を繰り広げていた。

「まあ、同年代の新人が増えて、嬉しかったんだろうからな。ま、大目に見てあげてくれ」

青木は実に大人な対応で、ふざける藤森にも寛容な態度であった。

「それでと……二人には手伝ってもらいたい仕事があるから、こっちに来てもらえるかな？」

「あ、はい分かりました。藤森さんこれからよろしくお願いします」

「よろしくお願いします」

遠山と上原は頭を下げ、青木と一緒に店内へと消えていった。

「あれが例の遠山くんと上原さんか……うん、想像していた以上に上原さんが美人でビックリした」

高井と二人きりになった藤森は上原の印象を語った。

「うん、上原さんは容姿だけじゃなくて、性格も良いから……」

上原の学校での人気は高井も知るところで、欠点らしきものは全くないといっていいだろう。

「あれで、性格も良しとなると……手強《てごわ》そうだね。まあ、柚実も負けず劣らずカワイイけど、そんな二人に好かれてる遠山くんって何者？　彼には失礼だけどパッと見は普通だよね」

藤森が言うように遠山は一見すると、やや影がある普通の高校生にしか見えない。そんな地味な男子が美少女二人から好意を寄せられているとは思えないのだろう。

「佑希の良いところってたぶん分かりにくいと思うの。だから、そう思うのも無理はないかも」

「まあ、人の好みなんてそれぞれだし、遠山くんにはまだあたしの知らない良いところがいっぱいあるんだよね」

「うん、いざという時は頼りになる優しい人だよ」

「これから一緒に仕事もすることだし、じっくり観察させてもらうよ。柚実とあの二人のことはね」

「て、適度にお願いします」

「大丈夫、大丈夫、あたしは柚実の味方だから邪魔したりしないから。上原さんと遠山くんがこれ以上接近しないように妨害をすればいいんでしょう？」

藤森は冗談ぽく言ってはいるが、その目は本気であった。

「もう……そんなことしなくていいからね。私の意思で上原さんにも来てもらったんだから」

「そう！　それだよ！　柚実はなんでライバルなのに上原さんにまでアルバイトを紹介したん？　呼ばないで遠山くんだけにすれば邪魔者なしで一緒に働けたのに」

藤森の言うことはもっともだが、上原にも語った通り遠山の望むことをしているだけだ。

「佑希が望んだことだから……私はそれに従っただけだよ」

「うーん……敵に塩を送るとはまさにこのことだけど、あたしには分からないなぁ。好きな人が望んだからといっても都合の良い女になっちゃダメだよ？」

「うん、分かってる。心配してくれてありがとう」

「まあ、それならいいんだけどさ……そうだ、今日は柚実も上原さんも二十一時まででしょ？　せっかくだから一緒に帰ろっか」

「分かった、後で上原さんに話しておくね」

「オッケー、帰り道で色々と上原さんに聞いちゃおうっと」

「ちょ、ちょっと藤森さん⁉　あんまり変なこと聞かないでよ？」

藤森は面白がっているようだが、高井にとっては何を聞かれるのか気が気ではなかった。

「冗談だって、柚実に悪いようにはしないから安心して」

「もう……」

「おっと、無駄話してるとまた達也に怒られちゃう。また後でね」

女子二人の話題は尽きないが、アルバイト中ということもあり二人は仕事へと戻った。

「上原さん、時間だから終わりにしましょう」

二十一時になり女子高生の三人は終業時間を迎え、高井はバックヤードで一人作業をしていた上原に声を掛けた。

「あ、もうそんな時間なんだ」

「今日は藤森さんと途中のコンビニに三十分くらい寄っていくけど、上原さんは大丈夫？」

「それくらいなら大丈夫だよ」

藤森は二十一時までの勤務の日はコンビニに寄って帰るのが習慣になっている。

「柚実、上原さん、お腹空《なかす》いちゃったしさっさと帰ろ」

「藤森さん、お疲れさまでした。今日はありがとうございました」

「上原さん、お疲れさま。これから少しコンビニ寄ってお喋《しゃべ》りしていこ」

「はい、長時間は無理ですけどご一緒します」

藤森たち女子高生三人組は更衣室へと向かった。

「達也、遠山くん！　お疲れ！」

更衣室に向かう途中で青木と遠山を見つけた藤森は、遠目に手を振りながら声を掛けた。

「藤森、上原さんたちに迷惑掛けるなよ？」

青木は藤森が二人に何か迷惑を掛けないかと心配なようだ。

「分かってるって、達也は心配性だなぁ。じゃあね！」

藤森は同級生に対して接するように挨拶を交わし、その場を立ち去っていった。

「店長、お疲れさまでした」

「上原さん、お疲れさまでした。気を付けて帰ってね」

「はい、お先に失礼します」

最後にタイムカードを打刻した上原は事務所を後にし、従業員専用通用口から外に出た。

「じゃあ、いつものようにコンビニで晩御飯食べて帰ろっと」

先に外で待っていた藤森と高井と合流し、駅に行く途中にあるコンビニへと足を向けた。

「藤森さんはコンビニで夕飯なんですか？」

「そうだよ。この時間に帰ってからご飯食べると太るからね。食べないわけにもいかないし、だからコンビニで軽く食べてから帰るんだ」

「確かに、今から帰って食べるとちょっと遅いかも……この時間に夕飯を食べるのはダイエットの敵ですね」

「でしょう？　だからいつも柚実には付き合ってもらってるんだ」

「高井さんも毎回コンビニで食べて帰ってるの？」

「ううん、うちはバイトの日は姉さんが夕飯を作っているから、帰ってから食べてる」

「それでも柚実は太らないからいいよねぇ。あたしだったらあっという間にデブになっちゃうよ」

「そんなことないよ。最近腰回りが少し太ったみたいで、スカートが少しキツくて……だから夕飯はあまり量を食べないようにしているの」

「柚実の腰回りは色っぽくてそそるよねぇ、上原さんもそう思わない？」

「もう、気にしてるんだから……」

「え？　ど、どうかな？　私には分かんないや……はは」

上原も高井の腰つきが妙に色っぽいとは前々から思っていたが、本人が気にしているようなので触れないことにした。

「上原さんはウエスト細いよねぇ……そのたわわなバストも……羨ましい……」

グラビアモデル並みの上原は女性も憧れる理想的な体型だ。藤森は羨ましそうに上原の全身を上から下まで舐《な》め回すように眺める。

「もう……藤森さんジロジロ見たら上原さんに失礼だよ」

「いやあ。羨ましいっていうのもあるけどさ、あたし女体が好きなんだよねぇ。女性の身体《からだ》って美しいと思わない？」

初対面にもかかわらず、性癖を全開に出してくる藤森に、上原はちょっと引き気味だった。

青木が迷惑掛けるなと藤森に釘《くぎ》を刺していたのは、こういうことだったのかと上原は妙に納得した。

とにかく藤森という人物は、初対面でもかなり親し気に接してくる人物だということが上原には分かった。空気を読めないとかではなくキャラ的に許されてしまうような感じだ。

そんな話をしながら歩いていると、あっという間に目的のコンビニに到着した。

「さて、今日は何を食べるかなぁ。二人はホントに何も買わないの？」

藤森がおにぎりの棚を眺めながら二人に問いかける。

「私は飲み物だけ買おうかな」

そう言って上原は紙パックの野菜ジュースを購入した。

「私はいつもの紅茶かな」

高井もドリンクを購入し、買い物を終えた三人は店の駐車場へと出て、車止めと思われる腰の高さほどのパイプに腰掛けた。店内にはイートインコーナーもあるが利用時間が二十一時までで、この時間には利用できなかった。

「藤森さん、夕飯なのにおにぎり一個だけ？」

藤森が手に持っているのはおにぎりと、ペットボトルのお茶だけだった。それを見た上原はそれで足りるの？　といった感じでおにぎりに目をやる。

「もちろん足りないよ？　でも、ダイエットしてるから仕方ないよねぇ。乙女《おとめ》は大変だ」

「そうやって一生懸命ダイエット頑張ってるのもその……彼氏とか好きな人のためだったりする？」

恋愛感情とかを意識し始めた上原は、他人の恋愛事情にも興味があるようだ。

「いやあ、そういうわけじゃあないけど……なに、上原さん興味あるの？」

「その……青木さんと凄《すご》く仲良さそうで、良い雰囲気だなぁって、さっきのやり取り見て思ったかな？」

「ないない！　達也はない。顔も良いし性格も良いけど、ああいう甘い感じの男は好みじゃないかなぁ……どっちかっていうと遠山くんの方が好み？」

「えっ⁉」

「ええっ⁉」

藤森のまさかの発言に、高井と上原は声を揃《そろ》えて驚きの声を上げた。

「あれ……？　えーと……ゴメン、冗談なんだけど……」

よほど驚いたのか高井と上原がしばらく固まってしまったので、藤森は慌てて冗談だと否定した。

「そ、そうですよね。あはは」

一番驚いていたのは上原であった。まだ、藤森のことをほとんど知らないので本気にしてしまったようだ。

「さすがに遠山くんは今日初めて会ったし、まだ性格も分からないからねぇ……」

高井から少し事情を聞いている藤森は、思った以上に動揺した上原を見て、遠山にどれくらい好意を抱いているのか知りたくなった。

「そういえば上原さんて遠山くんと付き合ってるん？」

高井からそういう報告は受けていないので、これは藤森のちょっとした揺さぶりみたいな質問だった。

「ど、どうして私と遠山が付き合ってるって、お、思ったんですか⁉」

「ほら、わざわざ男女でアルバイトの募集に来るなんて大抵カップルじゃない？　だからそうかなあって」

友達同士でアルバイトをする、というのはよくあるが大抵は同性同士だ。異性で同じアルバイト先を選ぶと大体がカップルと思われるだろう。

「と、遠山とは……付き合っているわけじゃない、です」

上原は高井の方を見やり、やや言葉に詰まりながら正直に答えた。

「そっか、じゃあ柚実と付き合ってんの？」

そう言って藤森は高井の顔を覗《のぞ》き込んだ。高井は『知ってるくせに意地悪』と目で訴えているように藤森には見えた。

「私も佑希とお付き合いしているわけじゃないけど……」

肉体関係にある高井も『お付き合いしましょう』と言って関係を続けているわけではないので、恋人同士として交際しているとは言い難い状況だ。

「そっか、変な勘繰りしちゃってゴメンね」

高井も上原も、お互いが嘘《うそ》をついていなければ膠着《こうちゃく》状態であるということが、藤森にも分かった。

「ううん、私も青木さんと藤森さんのこと疑ったりしたから……」

上原の好奇心が墓穴を掘る形になってしまったようだ。

「さて、もう遅くなったし帰ろっか」

話が一区切りしたところで、三人の寄り道はお開きとなった。

コンビニから徒歩で帰れる高井と別れた上原と藤森は二人で駅に向かった。

「藤森さんは、私たち三人の関係を知っているんですか？」

上原は単刀直入に藤森に尋ねた。

「んー詳しくは聞いてないけどある程度は知ってるかな。柚実が苦しそうにしてた時に話だけでも聞くよ？　ってあたしが声を掛けたからね」

「そうですか……高井さんからなんて聞きました？」

「二人が同じ男性を好きになって、その人が上原さんと同じ委員になって私は不利かもしれないって言ってた。それくらいかな、あたしが聞かされたのは」

——高井さん、全てを話してはいなかったんだ。

高井は身体の関係があることは伏せて、藤森には全てを話してはいない。

「藤森さん、私的なことをアルバイト先に持ち込んですみませんでした」

「いや、別に構わないと思うよ。店先で痴話喧嘩《ちわげんか》とかしたりしなければね」

藤森は笑いながらそう答えた。

「そ、そんなことしません！　職場にご迷惑を掛けるようなことはしないです」

「でも、三人でわざわざ同じ職場を選んで働き始めたってことは、何か意味があるんだろうし上手《うま》くやって欲しいなとは思うかな。本当は柚実の応援をしたいところだけど、こうやって上原さんとも友達になったわけだし、どちらか片方を応援するとかできなくなっちゃったよ」

今日初めて会ったというのに藤森は上原のことを〝友達〟と表現した。彼女にとって上原は友達に値する人物であったのだろう。

「そうですね、今回は高井さんが遠山をアルバイトに誘って、遠山が私を誘ったんです」

「そうなんだ？　じゃあ、柚実にも遠山くんにも目的というか、ハッキリとした理由はあるんだね」

遠山がなぜ上原をアルバイトに誘ったか、それが上原の一番知りたいことであった。

「だと思います」

「そっか、あたしが軽々しく口を挟めることじゃないけど、このアルバイトを始めたことで分かるといいね」

「そうですね……でも、アルバイトを始めた目的は旅行代を稼ぐことなので、目的は忘れないようにします」

「確かに……そっちでは力になれないけど、アルバイトのことなら遠慮なく頼ってね」

「はい、ありがとうございます。今日は私たちのことを藤森さんに話せてよかったです。秘密にしながらだと、きっと働きにくかったと思います」

「まあ、私は柚実からある程度聞いてたからね。でも、上原さんから今日こうやって話してもらえなかったら、知らないフリをしながら接しなきゃならなかったし、あたしも話せてよかったよ」

「そう言ってもらえてよかったです。藤森さん、これからもよろしくお願いします」

「それにしても柚実の言ってた通りだった」

「何がですか？」

「上原さんのこと美人で凄く性格も良いって柚実が言ってたけど、本当にその通りだったなぁって」

「高井さん、私のことそんな風に言ってたんですか……」

「柚実は上原さんのことを大切な友達だと思ってるから、悩んでるんだと思うよ。同じ人を好きになるのは辛《つら》いね」

「そうですね……でも諦めないって決めたので覚悟はできています」

「そっか……これは遠山くん、責任重大だね」

藤森が言うように最後の決断は、全ての鍵を握っている遠山がしなければならない。

◆

翌日、休憩室に向かっている遠山に藤森が声を掛けた。

「遠山くん、休憩時間が一緒だから少しお話をしない？　まだ、あまり話せてないし」

「分かりました。ご一緒させてもらいます」

「遠山くん、そんな堅い喋《しゃべ》り方《かた》しなくていいのに。同学年なんだからタメ口でいいからね」

「とはいってもここでは先輩だし……」

「ああ、そんなの気にしなくていいから。なんだか敬語使われると距離感できちゃうしね」

「……とはいってもまだ、ほとんど話したことないし、多少固くなるのは勘弁して欲しいな」

「全然オッケーだよ。その気持ちだけで十分だよ。それじゃあ、休憩室に行こっか」

遠山の研修にはあまり藤森が付くことがなかったので、ちゃんと話すのは今日が初めてかもしれない。

「お疲れー」

休憩室に着くと藤森は挨拶をしながらドアを開け、部屋に入ると冷蔵庫からペットボトルを取り出し、椅子に腰かけた。

「それで、遠山くんはどっちと付き合うつもりなの？」

「え？　そ、それはどういう意味？」

「だから、柚実と上原さんどっちを選ぶの？」

ほとんど話したことのない藤森から突然、単刀直入に聞かれた質問に遠山は面食らった。

「……どうして藤森さんがそれを知ってるの？」

遠山は疑問に思ったが、よく考えてみると高井と一緒に働いているのだから知っていても何らおかしくはない。懸念するのはどこまで知っているかだ。

「柚実に相談を受けてね。遠山くんと上原さんが働き始める前から知ってたよ」

「……それで藤森さんはどこまで知ってるの？」

誤魔化《ごまか》しても意味がないことを悟った遠山は、どこまで高井に聞いているのか確認した。

「柚実と上原さんが遠山くんにアプローチしてるけど、優柔不断なキミはどちらと付き合うか、とかそういう話をしないってことくらいかな」

「それ以外には？」

「それだけだよ」

どうやら藤森は、遠山が高井と身体《からだ》の関係にあることは知らないようだ。

「まあ、概《おおむ》ねそれで合ってるけど、優柔不断と言われるとちょっと傷付くかな」

「優柔不断は柚実や上原さんが言ったんじゃなくて、あたしの感想だから」

「そ、そうですか……でも、優柔不断と言われてしまえば僕には返す言葉はないけど……」

「まあ、遠山くんの気持ちも分からないでもないかな」

「そ、そう？」

「だって柚実と上原さんでしょ？　そりゃあたしでも選べないって」

「理解してもらえて恐縮です……」

「でも、まあ……責任重大だね。ハッキリ言っちゃうと遠山くんが主導権を握ってるからね」

「……そうだね。それは分かってる。自分の気持ちがハッキリしない今、何もできないんだ。だから、優柔不断と言われても仕方ないと思ってる」

「そこまで分かってるなら別にあたしからは何も言うことはない――けど」

「けど？」

藤森は一度言葉を止めて遠山に目を向けた。

「達也には――あ、青木のことね。彼には知られないようにした方がいいよ」

「……理由は聞かないけど、気を付けるよ」

遠山は初日に青木から高井に告白したことを聞かされていた。藤森は多分そのことを言っているのだろう。

「うん、そうして。知られるとややこしくなるから」

こうしてみると、三人一緒にアルバイトをすることに意味があるのだろうか、そう遠山には思えてきた。遠山がアルバイトに上原も誘ったのは、片方に入れ込まずに二人に対して平等に接したかったからだ。しかし、この行動こそが高井と上原を天秤《てんびん》に掛けているということに、遠山は気付いていなかった。

『青木くん、休憩室に入らないの？　ドアの前に突っ立ってどうしたの？』

『あ、いえ、何でもないです。仕事に戻ります』

休憩室の外から聞こえてくる店長と青木の声。

――青木さん⁉　もしかして今までの話を聞かれてしまった？

聞こえてきた店長と青木の会話から、藤森と遠山の会話を外で聞かれていた可能性がある。青木は休憩室には入ってこずに、仕事に戻ったようだ。

「藤森さん……聞こえました？　もしかすると青木さんに聞かれてしまったかも……」

「うん……可能性はあるね……ここで話すことじゃなかったかもしれない。遠山くんゴメン……あたしが余計なことを聞かなければ……」

この話を最初に持ち出した藤森は申し訳なさそうに俯《うつむ》いてしまう。

「いえ、ここで働いていくには、いつか直面する問題だったのかもしれないです。気にしないでください。それに、まだ聞かれていたかも分からないことですし、しばらく様子を見ましょう」

「ホントにごめん……」

　藤森さんは責任を感じているようで、かなり落ち込んでいる。

「この問題は全て自分の行動の末に起こったことなんです。だから、藤森さんが気に病む必要はありません」

　この状況を作ったのは全て自分の責任であると主張し、少しでも藤森の罪悪感を減らせるように遠山は言い聞かせた。

「藤森さん、そろそろ仕事に戻りましょうか」

　落ち込み黙っている藤森さんに声を掛け、遠山は休憩室のドアを開け、周囲を見回しながら外に出た。

　――青木さんはいない……か。

　このまま勤務終了で帰宅ならよかったが、まだ勤務時間は終わってはいない。しかも、遠山の終業時間は青木と同じであった。

　――今日このまま働くのは気が重いな……。

　だからといって仕事を投げ出すわけにはいかない。遠山は覚悟を決めて仕事に戻った。

　その後、青木から仕事を教わることもあったが、青木の表情に変わった様子もなく、何事もないまま二十二時を迎えた。もしかしたら休憩室の前を通りかかっただけで藤森との会話は聞かれてはいなかったのかもしれない。遠山はそう思うことにした。

「遠山くん、今日も一緒に帰ろうか」

軽く挨拶をしてさっさと帰ろうとしていた矢先、先日と同じように青木に一緒に帰ろうと誘われてしまう。

「……はい、分かりました」

遠山は気が乗らないが断るわけにもいかず、一緒に帰ることになった。

「店長、お疲れさまでした。お先に失礼します」

「遠山くん、お疲れさまでした。気を付けて帰ってね」

タイムカードに打刻した遠山は事務所を後にし、そのまま従業員専用通用口へと向かった。青木は先に外へ出て待っているようだ。

――気が重い……けど帰らないわけにもいかないし。

通用口のノブを引くが扉が重く感じた。外に出ると青木の姿が目に入った。

「青木さん、お待たせしました」

「遠山くん少し時間ある？　途中コンビニに寄って帰ろうと思うんだけど」

「あ、はい、少しくらいなら大丈夫です」

「じゃあ、行こうか」

二人に会話がないままコンビニに着いた。

「遠山くんどれがいい？　奢《おご》るよ」

ドリンクのショーケースの棚を前に青木が遠山に尋ねる。

「い、いや悪いですよ。奢ってもらうなんて」

「遠慮しなくていいから」

「わ、分かりました……これでお願いします」

何回も断るのは気が引けるので、遠山は諦めて缶コーヒーを指差した。

「じゃあ、俺も同じのにしよう」

青木は同じ商品を二本手に取りレジで会計を済ました。

「はい、どうぞ」

コンビニの外で青木に缶コーヒーを手渡された。

「あ、ありがとうございます」

「ちょっと、そこでコーヒーを飲みながら少し話をしないか？」

青木が指差したのはコンビニの駐車場の一角で、車止めが設置してある辺りだ。

「十一時までには帰らないといけないので少しくらいなら」

「そんなに時間は取らせないから大丈夫だよ」

「はい、分かりました」

――ああ、やっぱりこれは何かを聞かれるパターンだな。

コンビニの駐車場の暗い片隅で、まだ友達でもなく雑談が盛り上がる間柄でもない相手と足を止めて話すことなんて普通はないだろう。これは間違いなく休憩室でのことを聞かれるだろう。

「今日、休憩室の前で偶然聞いてしまったんだけど――」

――ああ、やっぱり聞かれていたんだ。

「単刀直入に聞くから正直に答えて欲しいんだ」

青木は真剣な面持ちで遠山に向き合った。

「遠山くんと高井さん、上原さんは一体どんな関係なんだい？」

話をどこから聞いていたのか分からないが、休憩室のドア越しに聞いた会話からでは詳しいことは分からないだろう。

「自分で言うと自惚《うぬぼ》れているとか、勘違いしているとか思われるかもしれませんが――」

さすがの遠山も高井と上原の二人から好意を持たれているということを、自分で話すことを躊躇《ためら》わずにはいられなかった。だから、そこで言葉を詰まらせた。

目を向けた青木は怒っているでもなく、不機嫌そうにしているでもなく普段と変わらない表情だった。

「高井と上原さん二人に好意を向けられています」

どう話していいのか分からず、遠山は率直な言葉で青木に伝えた。

「はぁ……そうか……やっぱそうだよな……」

青木は壮大なため息をつき、俯いた。

「青木さん……」

自分が好きな女性が別の男性に好意を寄せているなんて耐えがたいことだろう。

「俺は……遠山くんが自惚れているとか勘違いしているとは思わない。なにせ高井さんに振られた理由が『好きな人がいる』だったからね」

──なんだって!? 高井は告白された時に僕のことを話したのか……？

「そうだったんですか……」

「どうやら上原さんも遠山くんに好意を寄せているようだけど、本当にどちらとも付き合っていないのかい？」

「はい、本当に付き合っていません」

「どうして？ どちらかと付き合わない？ 二人を天秤に掛けてるから？」

「そ、そんなことは……僕は──」

遠山は高井との出会いから、上原に対する嫌がらせの件が解決するまでを、高井との身体の関係は伏せて青木に話した。

「そうか……そうやって色々とあって、上原さんも遠山くんに好意を寄せるようになったのか……それは分かった。人を好きになるのは自由だし、他人が口出しすることじゃないからね。でも……今の三人の状況は遠山くんが高井さんと上原さんを天秤に掛けて品定めしているように見える」

「そんな……つもりはないです！　僕は本当に二人とも好きだから、ちゃんと答えを出さなきゃいけないと思っています。でも、分からないんです！　僕はどうすればいいのか……だから、高井にアルバイトに誘われた時も、上原さんも誘って平等に接していこうと思ったんです。そうすれば何か分かるのかなって……」

遠山の言葉に嘘偽《うそいつわ》りはない。本当に二人が大事で好きだから平等に接すれば何か分かると思い込んでいたのだ。

「遠山くんのその行動が正に二人を天秤に掛けている証拠だよ」

「そ、そんなことは！」

「遠山くんは二人と平等に接して自分の本当の気持ちを確かめたいんだろうけど、それは決定権を持った優位にいる人間のエゴだよ」

「あ……」

「察したみたいだけど、二人のどちらかと付き合う決定権を持っているのは遠山くんんだ。だから決して平等なんかじゃないんだよ」

青木の言うことは正論で遠山は返す言葉が出てこなかった。

「平等に接したつもりの遠山くんは三人で時間を過ごし、消耗して脱落していった方を見捨てて、残った方が遠山くんの本当に好きだった女性だと自分で思い込み付き合う、それが今の三人の行く末だと思う。二人のどちらとも付き合わず、中途半端な愛情を振り撒《ふま》き、消耗した二人に何が残るんだろうか」

遠山の言う通りに従うと決めた高井、どうあっても諦めないと誓った上原の二人と今の関係を続けていけば、青木の言う通りになるだろう。

「遠山くんはいわば恋敵になるわけだし、助言したりする義理はない——けど、高井さんがこのまま傷付いていくのを黙って見てはいられないから、君にこんな話をしたんだ。だから、本当は今すぐにでも高井さんにもう一度告白したい気持ちでいっぱいだよ」

「……ダメです、高井は誰にも渡しません！」

「じゃあ、上原さんを見捨てる？」

「それもできません。二人とも大切な人ですから」

「二人とも手元に置いておきたいなんて遠山くんは傲慢だね」

「傲慢でも構いません、僕は僕なりのやり方で二人を幸せにしてみせます」

「そっか……正直言うとさ……さっき話したけど、今すぐにでも告白したいのは本当だよ。でも……今、告白してもダメだろうね。それだけ高井さんと上原さんは遠山くんに依存しているみたいだから。だからといって諦めるわけじゃないけど……」

今まで表情を変えずにいた青木が、少し寂しそうに俯いた。

「話はこれだけですか？」

「ああ、腹を決めた遠山くんとこれ以上話し合っても無駄だろうしね」

「コーヒーご馳走《ちそう》さまでした。僕は先に帰らせていただきます」

「遠山くん……俺とは恋敵ってことではあるけど、仕事ではそのことは忘れて上手《うま》くやっていければと思ってる」

「はい、僕もそうしたいと思っています。青木さん……これからもよろしくお願いします！」

青木を残して遠山は駅へと向かって歩き始める。

——青木さん……なんてできた人なんだろう……辛《つら》いはずなのに怒ることもなく僕を諭すように話までしてくれて。

人として、男としてとても敵《かな》わないと遠山は思った。

「さて、諦めが悪いとはいったものの、俺はどうしたらいいのかね？　どう考えても遠山くん相手には勝ち目がなさそうだ……」

強がってはいたものの、青木もショックを隠せずにいた。だが、遠山よりも人生経験が豊富な青木は立ち直るのも早いことだろう。

青木とひと悶着《もんちゃく》あったものの、その後は表面上では何事もなく、遠山たち三人はアルバイトを無事続けることができた。その間も遠山と高井、上原の関係は今まで通り変わらずに続いた。

「ついにやってきました！　憧れのハワイ！」

「いや、ハワイじゃなくて沖縄ですよね？　それにまだ成田空港だし飛行機にも乗ってないですよ？」

伶奈《れな》のボケに遠山《とおやま》が突っ込む。

いよいよ沖縄旅行の日になり遠山たち一行は成田空港に来ていた。

「遠山くん、鋭い突っ込みをありがとう。ここまで成長してお姉さんは嬉《うれ》しいよ」

「あんたら一体なにやってんのよ……それにしても、伶奈さん随分と浮かれてますね？」

空港のロビーで漫才をやっている遠山と伶奈に相沢《あいざわ》は呆《あき》れ顔《がお》だ。

伶奈は旅行が嬉しいのかやけにテンションが高かった。

「そりゃ浮かれもするわよ？　旅行は今から旅立つ、っていう時が一番テンション上がるんだから。空港ってなんかワクワクしない？」

「いや、ワクワクよりも正直ドキドキしてます……」

伶奈とは対照的に遠山は少し緊張しているようだ。

「あら、遠山くんもしかして飛行機苦手？」

「苦手というか初めて乗ります……」

「それは緊張するのも無理もないか……みんなは大丈夫？」

伶奈は隣にいる相沢に目を向けた。

「私は乗ったことあるから大丈夫です」

「千尋《ちひろ》くんは？」

「ぼくも何回か乗ったことがあるから大丈夫です」

「麻里花《まりか》ちゃんは……大丈夫じゃなさそうね……」

伶奈が目を向けた先には、やや引《ひ》き攣《つ》った表情の上原《うえはら》の姿があった。

「麻里花ちゃんも飛行機初めて？」

「は、はい……それと高い所が苦手でして……」

単純に初めて乗る飛行機を怖がっている遠山よりも深刻そうだった。

「あまり緊張すると酔っちゃうから、リラックスしてれば大丈夫よ。一応、酔い止めを飲んでた方が良さそうね」

伶奈はポーチから酔い止めを取り出し上原に渡した。

「伶奈さん、ありがとうございます……」

「一回乗ればきっと慣れるから大丈夫よ。飛行機は四方を囲まれているからあまり高さは感じないから」

　手すりしかないとか、そういった場所では高さを感じることが多い。安全と思っている場所では高所であってもそれほど恐怖を感じることはない。飛行機自体を安全と思えなければその限りではないが。

「柚実《ゆみ》は……久しぶりだけど、大丈夫よね」

「うん、大丈夫」

「柚実と一緒に飛行機乗るなんて何年ぶりかな？　十年ぶりくらい？」

「たぶん、それくらいだと思う。今ではあまり思い出せないくらいだから」

　当時はまだ両親も離婚しておらず、高井《たかい》も姉にコンプレックスなど感じていない時期だった。

「私はよーく覚えているわよ。窓際の席の予約が取れなかったのに、どうしても窓際がいいって駄々《だだ》をこねて、親切な人が替わってくれたんだよ。柚実は覚えてる？」

「す、少しだけ覚えてる」

「柚実が駄々をこねてる姿なんて想像できないよ。ちょっと見てみたいかも」

「こう見えても割とワガママだったんだよ。それに甘えん坊でいつも私の後ろを追っかけてきて可愛《かわい》かったなぁ」

　伶奈は昔のことを思い出し、しみじみと語り始めた。

「ね、姉さん、恥ずかしいから……」

昔のこととはいえ、姉にベッタリだったことは恥ずかしいようだ。

「伶奈さん、そろそろチェックインの時間だから行きませんか？」

ＬＣＣのターミナルは少し離れているため、相沢に促され少し早めに旅客ターミナルに移動した。

チェックインを済ませて荷物を預けた遠山たちは、出発ロビーにあるフードコートを見て回った。

「見て見て遠山、お好み焼き屋さんとか色々あって美味《おい》しそう！」

先ほどまで緊張していた上原が楽しそうにしている。時間が経過して緊張が解《ほぐ》れたようだ。

比較的新しい旅客ターミナルは仮設っぽい雰囲気の作りだが、色々な飲食店やショップがあり時間を潰すには快適そうだった。

「ホントだ、何か食べたいけど到着したらすぐ夕飯を食べに行く予定だから、我慢しないと」

「そうだね、でもこういうのって見てるだけでも楽しいね」

成田空港の第三旅客ターミナルは他に比べればかなり狭いが、初めて空港に来た上原と遠山にとっては見るもの全てが新鮮であった。

「遠山、麻里花、そろそろ搭乗ゲートに移動するからトイレとか済ませておいて」

いつの間にか相沢がツアー添乗員のように案内役になっていた。保護者役の伶奈はといえば、ショップで何やら雑貨を見て回っているようだ。

「あ、ちょっと、伶奈さん！　そろそろ行きますよ！　ウロチョロしないでください！」

「美香《みか》はこういうの向いてるよね」

伶奈の世話を焼いている相沢を遠目に、上原がクスリと笑った。

「いや、ホントこれじゃどちらが保護者か分からないな」

とはいえ、いざという時は頼りになる伶奈であることは遠山も分かっている。

検査場を何事もなく抜けた遠山たちは出発バスゲートラウンジまで移動した。

「ここから飛行機に乗るの？」

飛行機はどこにも見えず、想像していたのと違ったのか上原が誰に言うともなく呟《つぶや》いた。

「上原さん、ここから飛行機が待機している場所までバスで移動するんですよ」

上原の疑問に沖田《おきた》が答える。

「え？　ここからバスに乗るの？」

「うん、ＬＣＣは料金が安い代わりに空港使用料が安い、お客には利便性の悪い場所に搭乗場所があるんです」

沖田は上原が分かりやすいように丁寧に説明した。

「へぇ……だから安いんだ？　沖田くん詳しいね」

「ぼくも何回かＬＣＣを利用したことあって、調べたりしたからね」

「遠山は知ってた？」

上原が遠山に目を向け、話を振った。

「いや、全然知らなかった。そもそも飛行機を利用することがなかったからなぁ」

遠山たちはそんな話を沖田と話しながら、搭乗時刻まで過ごした。

「佑希《ゆうき》、そろそろ搭乗時刻だよ」

係員が準備を始めたゲートを高井は指差す。

搭乗時刻になると、搭乗順がアナウンスされ、遠山たちは自分たちの番号を聞き逃さないよう放送に耳を傾けた。

「遠山くん、乗る時は飛行機の後方から前方の席の順番で呼ばれるんだよ」

「お姉さん、どうしてですか？」

「飛行機の一番前が搭乗口なわけだけど、先に前方の席のお客を入れたらどうなると思う？」

「……ああ、そっか！　通路にお客がいると邪魔になって、後方のお客がスムーズに入れないからだ」

「そう、客席の上に荷物を入れたりする人が通路にいたら、邪魔になるんだよね」

「へぇ……ちゃんと考えられてるんだな」

そんな当たり前のことだが、初めて飛行機に乗る遠山には、なるほどと思わせる話であった。

「それじゃあ私たちの番号呼ばれたから行くよ？　チケットをすぐに出せるように準備しておいて」

遠山たちのシート番号がアナウンスされ、相沢が先頭を切って入場ゲートへと向かった。

「遠山、いよいよだね」

空港に到着したばかりの時は緊張した面持ちだった上原も、今は初めての飛行機に心を躍らせているようだ。

「上原さん、チケット大丈夫？」

「うん、大丈夫だよ。ほら」

上原はポケットからチケットを取り出し遠山に見せる。

「うん、じゃあ行こうか」

飛行機までバスで移動し、タラップから飛行機内に遠山は乗り込んだ。

「おお、これが飛行機の中か……意外と狭いんだな……」

遠山はそんな感想を誰に言うともなく呟いた。

「えーと……僕たちの席は……」

「佑希、こっちだよ！」

遠山がチケットの座席番号を見ながら座席を探していると、高井の呼ぶ声が聞こえてきた。

今回は運がいいことに三席の並びを二列、六人分をまとめて座席指定できたらしく、バラバラになることはなかった。

「うわ、狭っ！　前の席の背もたれまで鼻先から三十センチもないんじゃないか？」

遠山が前の座席との間隔の狭さに驚いている。

「ホントだ……でも足元は思ったより広いかな？」

標準体型の遠山や上原でさえ狭いと思うのだから、大柄な人にはきっと窮屈であろう。

「ＬＣＣはこんなもんかなぁ。搭乗時間は三時間くらいだし遠山くんも麻里花ちゃんも我慢してね」

席は前列が窓際から高井、伶奈、遠山で後列が窓際から沖田、相沢、上原という席順だ。

乗客全員が搭乗し終え、客室乗務員による注意事項の説明や備品の使い方などのチュートリアルが始まる。

ほとんどの客は真剣に見てはいないようだが、飛行機に初めて乗った遠山と上原は真剣な眼差《まなざ》しでそれを見ていた。

シートベルトや座席の上の荷物入れなどのチェックがひと通り終ると、客室乗務員も座席に座りシートベルトを締めた。いよいよ離陸する時がやってきた。

飛行機は誘導路をゆっくりとしたスピードで進むと遠山の心臓の鼓動も徐々に上がっていく。滑走路に出ると一気にジェットエンジンの出力が上がり、遠山が今まで経験したことのないような加速で身体《からだ》にGが掛かる。

「うぉっ！」

遠山は未体験の感覚に思わず声を上げた。

「ひゃあ！」

真後ろの席から上原と思われる声が聞こえてきた。他の飛行機経験者は声ひとつ上げずに涼しい顔をしている。

さらにエンジンの出力を上げ加速していく感覚に、遠山は不安になる。

――これ本当に飛べるの？

そんな不安を感じると身体が硬直してきたのが分かる。そして飛行機が最高速に達したと思われた瞬間、ふっと浮遊感に襲われる。機体が地面から離れたのだ。

しばらく続く浮遊感と加速のGは不快だった。後ろの席の上原のことが気になったが、後ろを振り返る余裕は遠山にはなかった。

わずか数分の時間だろうか、遠山は浮遊感とGを我慢していると、アナウンスとともにシートベルト着用のサインが消えた。

「ふぅ……」

不快な浮遊感もなくなり、飛行機が安定した状態になったのが分かると遠山は身体の硬直を解き深呼吸した。

「佑希、大丈夫？　離陸の最中は随分と緊張していたようだけど……」

窓際の席の高井が心配そうに遠山の顔を覗《のぞ》き込んできた。

「うん、大丈夫……だいぶ緊張したけど……高井は大丈夫だった？」

「私も最初飛び立つ前は少し緊張していたけど今は大丈夫だよ」

「上原さん！」

遠山は身体をひねり振り返ると、血の気の引いた表情で相沢に手を握られている上原の姿が目に飛び込んできた。

「う、上原さん!?　だ、大丈夫……？」

「と、遠山……だ、大丈夫だよ……緊張し過ぎて少し気分が悪くなっただけだから……」

「上原さん、これ飲んで」

遠山は足元に置いてた小さなバッグからペットボトルの水を取り出し、上原に渡した。

「遠山……ありがとう……」

上原はペットボトルを受け取ると蓋を開け、水を一口含んだ。

「麻里花がすごい緊張していたから手を握ってあげてたんだ」

離陸が始まった直後から、上原の緊張を解すために相沢はずっと手を握っていたようだ。

「美香、ありがとう……お陰で少し安心した」

「遠山くん前通るね」

上原を心配した伶奈が上原の様子を窺うために、席から立ち上がった。

「麻里花ちゃん気分はどう？」

「はい、酔い止めのお陰でそれほど酷《ひど》くはないです」

酔い止めというのは飲んでいるだけでも安心するので、薬の有効成分だけでなく、飲んでいるという安心感から効き目があると遠山は聞いたことがあった。

そのお陰か先ほどより上原の顔に血の気が戻ってきていた。

「飛行機って環境のせいもあって酔いやすいからね。でも、何回か経験すれば慣れると思うよ」

伶奈の言う通り、何回か乗れば慣れそうな気がしないでもない遠山であった。

「もう自由に動けるからトイレに行きたい人は今のうちに行ってきてね。いつシートベルト着用のサインが出るか分からないからね」

伶奈にそう言われ遠山は前方にあるトイレに目をやると、そこにはトイレ待ちの列ができていた。

「離陸直後ってトイレ混むのよね。たぶん緊張から解放されるからだと思うけど」

「あー確かにそれってありますよね。シートベルトが外れたらとりあえずトイレって人多いですよね」

旅行慣れしていると思われる相沢も同じ感想らしい。

「上原さん、酔った時には飴《あめ》を舐《な》めるといいですよ」

沖田はバッグから取り出した飴の包みを上原に渡した。

「沖田くん、ありがとう。迷惑かけちゃったね」

「全然、迷惑なんかじゃないですよ。ぼくも最初の頃は緊張で酔ったりしたから。その時に分かったんだけど、少し酸味のある飴が効くって分かったんですよ」

沖田が上原に渡した飴は、はちみつレモン味だった。

「へえ、そうなんだ。そういう経験談は有難いよな」

「佑希も飴いる？」

「いや、僕は大丈夫だよ」

遠山も少し緊張していたが酔うというほどではなかったので断った。

「うん、顔色も戻ってきたし大丈夫そうね」

上原の顔を覗き込んだ伶奈はそう言って自分の席に戻っていった。

離陸してから順当にフライトを続けている中、シートに備え付けてあった冊子も読み終え、暇を持て余していた遠山は、ふと隣の席に目を向けた。伶奈はイヤホンを付けて音楽か何かを聴いているようだった。窓際の高井はいつの間にか本を取り出して読んでいた。

――あ、そういえば僕も本持ってきたんだった。

遠山は足元のバッグから本を取り出し読み始めた。読書家の遠山は本を読み始めると、あっという間にその世界に入り込み、外の雑音は一切聞こえなくなる。

遠山が本を読み始めてから三十分ほど経《た》ったくらいだろうか。隣の席の伶奈が突然立ち上がった。

「麻里花ちゃん、席交代しよっか」

伶奈は飽きたのか、上原の返事も聞かずに移動をし始めた。

「遠山くんは私の席に移動して。ほら」

なぜか遠山は強制的に高井の隣に移動させられた。

「麻里花ちゃんはここね」

そう言って遠山が座っていた席に上原は移動させられてきた。

「遠山……伶奈さん何かあったの？」

「いや、あの人の行動はよく分からないから」

とはいえ、伶奈は思い付きで行動しているようで、実は計算して行動することが多い。この伶奈の席移動にも何か意味があるのかもしれない。

「高井、読書の邪魔してゴメン」

「ううん、こっちこそ姉さんが、佑希の読書の邪魔しちゃったみたいでごめんなさい」

今、遠山の左側の席には高井、右側には上原が座っている。これは伶奈が気を利かせたのだろうか、と遠山は考えた。

「やっと、美香ちゃんとお話しできるね。あ、私を真ん中に座らせてもらえるかな。よいしょっと」

「あ、ちょっと伶奈さんどこ触ってるんですか⁉」

「千尋くんも、この前の誕生会であんまり話せなかったから、今からゆっくり話しましょう」

「そ、そうですね」

後ろの座席から移動した伶奈の声が聞こえてくる。その会話を聞いていると、ただ単に相沢と沖田と話したかっただけなのが伝わってくる。

「お姉さん何やってんだ……」

「伶奈さん、ホント摑《つか》みどころがなくて不思議な人だよね」

「本当に姉さんが迷惑掛けてごめんなさい……」

「高井さん、私たちは伶奈さんにお世話になって感謝してるから何も気にしなくて大丈夫だよ」

迷惑を掛けていると思い込んだ高井が謝り、慌てて上原がフォローする。

「今回の旅行もお姉さんがいなければ実現しなかったしなぁ。なんだかんだ言っても頼りになるし、信頼できる人だよ」

遠山も散々お世話になっているからこそ、信頼していると言うことができた。

「佑希に信頼しているなんて言われたのを知ったら、姉さん喜ぶよ。きっと」

「高井、それを知られると茶化《ちゃか》されそうだから内緒にしておいてよ」

「私からは言わないよ。話したくなったら佑希から言ってね」

高井は大事なことは自分で伝えてね、と言うが、遠山としては照れくさくて直接なんてとても言えそうにはなかった。

「ちょっと寒いね……」

キャビン内はエアコンがかなり効いている。上原はかなりの薄着なので寒いようだ。

「上原さん、膝掛け持ってきてもらおうか」

そう言って高井は客室乗務員を呼ぶボタンを押した。

「佑希は膝掛けなくても大丈夫？　寒くない？」

こういったＬＣＣではコスト削減で膝掛けは有料だったので、高井と上原の分二枚だけ借りることにした。

「僕はそれほど寒くないから大丈夫だよ。二人で使って」

「遠山、こうやって使えば二枚で三人が暖まれるよ」

上原は自分の膝掛けを広げ、三分の一くらいを遠山の膝にかけた。高井の膝掛けも同じように三分の一を遠山の膝に掛け両側から真ん中の遠山にシェアすることで三人暖まることができた。

「こうすると人肌の体温で温かいね！」

上原は人懐っこい笑顔で微笑《ほほえ》んだ。

高井と上原に挟まれた遠山は、膝掛けを伝ってくる二人の体温を感じながら、その温かさが心地よくいつの間にか眠ってしまっていた。その膝掛けの下で高井と上原の二人ともが遠山の手を握っていた。

「あらら、三人とも眠っちゃったみたいね」

後ろから覗き込んだ伶奈は、三人仲良く眠っている姿に優しい眼差しを向けていた。

「まったく、この三人は……こんな公共の場で大胆だなぁ」

「三人とも幸せそうで、見ているぼくたちも癒やされますね」

相沢は呆《あき》れ顔《がお》だが、沖田は微笑ましそうに眺めていた。

「遠山くん、麻里花ちゃん、柚実、そろそろ起きなさい」

「ううん……眠っちゃったのか……？」

伶奈に肩を叩《たた》かれ、遠山は目を覚ました。それに釣られて高井と上原も目を覚ます。

「そろそろ、着陸態勢に入るから、今のうちにトイレに行ってきなさい」

着陸直前になると、トイレが使用禁止になるからと伶奈が教えてくれた。

「膝掛け返してくるついでにトイレ行ってくる……」

上原はまだ完全に目が覚めていないようで、フラフラとした足取りでトイレに向かっていった。

「私も行ってくる」

高井も上原の後を追う。

「遠山くん、カワイイ女子二人に挟まれて気持ち良さそうだったねぇ」

伶奈は面白いものを見させてもらったとニヤニヤしている。

「あ、あれは……今日朝早かったし、膝掛けで温かくて眠くなっちゃったんですよ」

照れ隠しのため必死に弁明する遠山の姿に、伶奈は若さと青春というものを感じた。

「ついにやってきました！　憧れのハワイ！」

「お姉さん、ここ沖縄ですよ。それに、そのネタいつまでやるんですか？」

那覇空港に到着し荷物を受け取った遠山は到着ロビーではしゃぐ伶奈と、成田の時と同じように漫才をやっていた。

「遠山くん、心躍らない？　知らない土地に来た時のワクワク感。これが旅の醍醐味《だいごみ》よ」

「お姉さん沖縄初めてでしたっけ？」

「ううん、沖縄はもう何回も来てるよ？」

「全然、知らない土地じゃないじゃないですか」

「まあ、気持ちの上ではってことよ。細かいことはいいのよ」

「あの……その夫婦《めおと》漫才はいつまで続くんですか？」

他のメンツをそっちのけで漫才を繰り広げる遠山と伶奈に、冷静に相沢が突っ込みを入れる。

「美香ちゃん、ゴメンね。つい浮かれちゃって。それじゃ……みんな揃《そろ》ってる？　ウィークリーマンションに荷物を置いてから国際通りに繰り出すわよ！」

ゆいレールを使ってウィークリーマンションまで移動するために、遠山たち一行は連絡口から外に出た。

「蒸し暑い！」

冷房の効いていた到着ロビーから一転、沖縄特有のやや湿度が高めの蒸し暑い空気に遠山は思わず声を上げた。

「佑希、沖縄に来たって実感が湧いてきたね」

「千尋は沖縄初めてだっけ？」

「うん、まだ、空港出たばかりだけどやっぱり南国って感じがする」

連絡通路で空港とゆいレールの駅は繋《つな》がっていて歩いて数分だ。

「あれ？　これどうやって改札通すんだ？」

切符を購入していざ、改札を通ろうとしたが切符を入れるところがないことに遠山は気付いた。

「遠山くん、切符のＱＲコードを読み込ませるんだよ」

後ろから伶奈が助け舟を出してくれる。

「え？　ホントだ……変わってるな……」

ゆいレールの切符はＱＲコードをかざして改札を通る仕組みになっている。

「切符がＱＲコードなんて面白いね」

上原が物珍しそうに切符を眺めていた。

遠山たち一行は目的の美栄橋《みえばし》駅に到着した。

「あれ？　この切符はどうするんだ？」

QRコードを読み込ませて改札を抜けたがいいが、改札で自動的に回収しないので切符を持って降りることになる。

「遠山くん、切符はそこの回収箱に入れるんだよ」

玲奈が改札の先に設置されている、切符の回収箱を指差した。

「本当に変わってる！」

まさか切符の回収を乗客自らやるとは、予想すらしなかった。

沖縄に到着して真っ先に、沖縄様式の洗礼を遠山は受けることになった。

駅から歩くこと数分、目的のウィークリーマンションに到着した。

「それじゃあチェックインしてくるから、あなたたちは外で待ってて」

玲奈が一階にある事務所に入っていった。

「確かにホテルというより少し古めのマンションって感じだね」

上原が言うように、外観は完全にマンションだった。

「佑希、あそこにランドリーがあるよ」

高井が駐車場の奥を指差す。

「部屋に洗濯機があるって聞いてたけど外にもあるんだな」

長期滞在するには洗濯機と乾燥機は必須。

「みんなお待たせ。鍵を貰ってきたからなくさないようにね」

伶奈から一人一本の鍵が渡された。ホテルと違って出入りする度にフロントで鍵の受け渡しをしなくて済むから便利だ。

「遠山くんと千尋くんは別室で私たちと別フロアだから、荷物を置いたら一階に集合ね」

先にエレベーターを降りた遠山と沖田は、目的の番号の部屋へと向かった。

「なんていうか、昭和な感じのマンションだな」

通路になんの飾りもなく、築ウン十年といった感じだ。

「佑希は昭和の頃にはまだ生まれてないと思うけど？」

遠山の感想に沖田がもっともな突っ込みを入れる。

「な、何となくだよ？　ほら、レトロな感じってあるじゃない？」

「あはは、冗談だよ。ぼくも昭和な感じだなぁって思っていたし」

「千尋も意地悪だなぁ、お姉さんがのりうつってるんじゃないの？」

目的の部屋に到着し、遠山はシンプルなディンプルキーを差し込み、ドアを開ける。

「おお、思ったより広いし、やっぱり古い感じはするけど、綺麗《きれい》でいいんじゃないかな？」

キッチン、シャワーとトイレは別々でツインベッドの2Kといったところだ。

「あれ？　洗濯機がないね」

室内を物色していた沖田が呟《つぶや》いた。

「お姉さんたちの方はファミリールームって言ってたから、大きい部屋にしかないのかもね」

「佑希、そろそろ行かないと、伶奈さんたちを待たせちゃう」

「そうだな、部屋を物色するのはあとにして行こうか」

これから食事をしてから国際通りに繰り出すと伶奈は言っていた。のんびりしていると遊ぶ時間がなくなってしまう。


「あれ？　まだみんな降りてきていないみたいだね」

沖田が周囲を見回しているが、まだ降りてきていないようだ。

「女性は支度に時間がかかるっていうしな」

「佑希……今回は沖縄旅行に誘ってくれてありがとう」

「どうしたんだよ改まって？　お礼は伶奈さんに言った方が喜ぶと思うよ」

「そうなんだけどね。こうやってみんなで沖縄に来られるなんて思ってもみなかったからさ」

沖田が言うように数か月前には想像もつかなかったことだ。高井と出会って紆余《うよ》曲折《きょくせつ》あり、上原とも仲良くなり今に至る。高井と上原、二人がいなければ今の遠山と、この状況はありえなかっただろう。

——みんなには感謝しないとな。

沖縄に来る前、青木《あおき》に言われた言葉が頭を過《よぎ》る。平等に接することが、ただの遠山のエゴだと。でも、遠山は後悔していない。そうした結果、千尋が喜んでいる〝今〟があるのだから。他の選択肢を選んでいたら今はなかった。だから遠山はもう迷わない。そうやって間違えながらでも〝今〟を積み重ねていかなければ未来はないのだから。

「二人とも、待たせちゃったかな？」

数分ほど沖田とお喋《しゃべ》りをしていると、高井を先頭に四人が集まってきた。

「ゴメン。部屋を物色していたら遅くなっちゃった」

上原が胸の前で小さく手を合わせ謝る。

「いや、僕たちも色々と珍しくて物色してたから気持ちは分かるよ」

沖縄に来て浮かれる気持ちはみんな同じだ。

「それじゃあご飯食べに行こうか！　モノレールで一駅くらいだから散策しながら歩いて行くよ！」

伶奈も浮かれているようでテンションが高めだ。旅慣れしていても楽しいものは楽しいというのがよく分かる。

「沖縄に初めて来たけど、やっぱり雰囲気がぼくたちの住んでいる街とはなんか違うね」

独特のデザインの壁や瓦、歩きながら見かける街中のあらゆる物が、いつもの見慣れた街並みとは違うと沖田は言っている。

「確かに……新しめの建物はそうでもないけど、やっぱり独特な建物が多いな」

遠山も地元とは違う雰囲気を感じているようだ。

「お姉さん、ご飯はどこで食べるんですか？」

目的のお店を遠山は伶奈に聞いてみる。

「しゃぶしゃぶが美味《おい》しい店があるの。お肉はもちろん美味しいんだけど、和風出汁《だし》の付け汁がほんっとに美味しいの。定食もあるから値段も安いし、是非みんなに食べてもらいたくて」

マンションから十五分ほど歩くと、目的のお店に到着した。

「なんだこれ……？　豚の銅像か？」

お店の前には豚の銅像みたいなオブジェが飾ってあり新しくて綺麗な店だった。

「六人で予約していた高井です」

店に入ると伶奈が店員に予約済みであることを告げた。

——いきなり六人でお店に入ってテーブルがあるのかと思ったけど、予約を取ってたんだな……。

「お姉さん、予約していたんですね」

「そうよ、いきなり六人で行ってもテーブルないかもしれないからね」

こういったところも年長者として頼りになるところだ。遠山たちとは経験値が違っていた。

個室に案内された遠山たちは各々メニューを吟味し始めた。

「お姉さんのオススメはしゃぶしゃぶか……」

「ここは何を食べても美味しいから、しゃぶしゃぶじゃなくても好きなものを注文するといいよ」

メニューを見て悩んでいる遠山に伶奈は言う。

「しゃぶしゃぶのコースだと全員同じ注文にしないとダメだから……僕はしゃぶしゃぶ御膳にしようかな」

「美味しそうなメニューがたくさんあるけど……私も遠山と同じにする」

上原も同じメニューを選び、結局全員しゃぶしゃぶ御膳となった。

「しゃぶしゃぶ御膳を六つお願いします。あと、全部に和風出汁も付けてもらえますか？」

注文を終えた伶奈に聞いたところ、和風出汁は本来、しゃぶしゃぶのコース料理のみに付くらしい。しかし別途注文すれば無料で付けてくれるとのことだ。

伶奈は本当に頼りになる。

全員の注文が揃い早速遠山は肉を一切れ湯通しし、和風出汁に付けひと口で頬張《ほおば》った。

──!?

「美味《うま》い！　なにこれ？　この和風出汁の付け汁、マジで美味いんですけど？」

「私も食べる！」

遠山の大袈裟《おおげさ》ともいえるリアクションを見た上原も待ちきれなくなり、一切れ肉を口に入れた。

「ホントだ……和風出汁の風味が凄《すご》い……こんな美味しい付け汁で食べたことないよ」

「昆布かな？　口に入れた瞬間にフワッて出汁の香りが広がって、クセのない豚肉と凄く合ってる」

高井のコメントは遠山のそれと違ってとても分かりやすい感想だった。

「これは本当に美味しいね。今まで食べてきたしゃぶしゃぶで一番だなぁ」

料理上手《じょうず》の相沢にも納得の味だったようだ。

「和風出汁も美味しいですけど、この豆乳の付け汁も美味しいですよ。ポン酢も美味しいし色んな味が楽しめて、小食のぼくでもたくさん食べられそう」

小食の沖田には、しゃぶしゃぶ御膳はちょっと量が多い気がするが、この色んな種類の付け汁があれば飽きずに食べ切れるかもしれないと遠山が思うほど食が進んでいた。

「でしょう？　これね、コース料理だと最後に沖縄ソバの麺が出てくるから、それを和風出汁で食べるともう最高なんだよ」

自分でオススメした料理が全員からベタ褒めされ、伶奈は気分が良いのかとてもご機嫌だ。

「〆《しめ》にソバかぁ、それも美味しそうだなぁ」

遠山はソバを食べたがっていたが、御膳には付けることができないと分かり諦めることにした。

食事を終えた遠山たちは、国際通りへと向かっていた。お店から歩いて三十分ほどの距離らしいが、食後の腹ごなしにはちょうどよさそうな距離だ。

沖縄の街並みを堪能しながら、しばらく歩いていると、これまた独特なデザインの沖縄県庁が見えてきた。

庁舎の目の前を通り、デパートリウボウの横を抜け、たくさんのお店が並んでいる、ここからが国際通りの始点でもあり終点でもある。

「うわ、凄い……これみんなお土産屋《みやげ》さん？」

立ち並んだお店のほとんどはお土産屋さんで、店頭に並んだお土産の数々に上原は目を輝かせている。

「やっぱり、夏休み中だから人出も凄いね」

「上原さん、迷子にならないように気を付けてね」

「もう、子供じゃないんだから大丈夫だよ」

などと言いながらも上原は、遠山たちを置いて一人でお土産屋さんに入っていってしまう。

「あ、麻里花！　勝手に行かないでよ！」

相沢が上原の後を追っていく。

「麻里花ちゃんも美香ちゃんも楽しそうだね。一緒に来られてホント良かった」

「これもお姉さんのお陰ですよ。千尋も感謝してましたよ」

「な、千尋？」

遠山は沖田に目を向けた。

「うん、今回はありがとうございました。伶奈さんたちと一緒に来られてとても楽しいです！」

千尋は屈託ない笑顔を見せた。

「千尋くん……なんてカワイイのかしら！　お姉さんキュンと来ちゃった」

伶奈はどさくさに紛れて沖田に抱き付こうとするも、簡単に躱《かわ》されてしまっていた。

「千尋くんのいけず～」

まあ、いつも通りだが、照れ隠しかもしれないと思うと、遠山は少しだけ伶奈が可愛《かわい》く見えた。

「それにしても国際通りって随分と長いんだね」

「相沢さん、国際通りは一・六キロメートルくらいあるらしいよ」

相沢の疑問に答えたのは高井だった。

「そんなにあるの⁉　長いわけだわ……」

実際にはお店に寄り道しながらなので、随分歩いた気もするが実はそれほど入り口からは進んでいなかったのだ。

「このまま、全部のお店に寄っていくと夜が明けちゃうね」

まさかとは思うが上原は全てのお店を回るつもりなのだろうか？　よっぽどお店を見て回るのが楽しいようだ。

「ゆっくりお土産を選べるのは今日しかないから、今のうちの買っておくようにね」

明日以降は遠出をする予定を立てているので、国際通りに早い時間に来られるかどうか分からない。だから伶奈は今のうちに買っておくようにと、みんなに伝えた。

「じゃあさ、今から三時間くらい自由行動にしない？　このまま大人数で移動して人に合わせてると、自分の行きたいところに行けないでしょう？　私もみんなに付き合わせちゃ申し訳ないし」

「お茶したい人もいるだろうし、麻里花みたいにお土産屋さん巡りしたい人もいるだろうし……伶奈さんどうですか？」

上原の提案に、相沢は賛成なようだ。

「そうね……ちょうど今は十八時くらいだし、まだ明るいから三時間くらいならいいかな」

「やった！」

よほど自由行動がしたかったようで、上原は嬉《うれ》しそうだ。

「じゃあ、二十一時になったらそこのファストフード店に集合ってことにしましょう」

「了解です！」

――上原さん、なんだか張り切ってるな。自由行動がそんなに嬉しかったのかな？

「バウムクーヘンが美味しいお店があるから、柚実とお茶を飲みに行こうと思っているんだけど、美香ちゃんたちはどうする？」

「私は行きます！　伶奈さんの知ってる店なら間違いなさそうだし」

「じゃあ、美香ちゃんも一緒に行きましょう。麻里花ちゃんはどうする？」

「私は……色々とお店を見て回りたいから、遠慮しておくね」

「うん、分かった。遠山くんと千尋くんは？」

「僕は千尋と二人で見て回るよ」

「そう……麻里花ちゃん一人だけど大丈夫？」

一人で観光すると言っている上原のことを伶奈は心配そうにしている。

「子供じゃないんだし大丈夫だよ。スマホもあるからいつでも連絡できるし」

「分かった。何かあったら必ず連絡してね」

「はい、分かりました」

「もし、二十一時までに戻れないようだったら必ず私に連絡するように。あと松山って地名の場所は歓楽街で酔っ払いも多いから、近付かないように」

伶奈は保護者としての責任もあるから、正直なところ目を離したくはないだろう。しかし、旅行を楽しんでもらいたいとも思っている。だから、ギリギリ許容できる行動範囲と最低限のルールを設けたのだ。


「あれ？　こっちでいいんだよね？」

伶奈たちと別れて一人で別行動の上原は、とあるアクセサリーショップに行こうとしていた。沖縄旅行に行く前、色々と調べていた時にネットで見たアクセサリーに一目惚《ひとめぼ》れして、どうしても欲しかったのだ。

「私、スマホのマップって苦手なんだよね……方向がよく分からなくて」

ところが、元々が方向音痴であった上に、土地勘のない場所で上原は迷子になっていた。

「なんかこの辺……男の人が多いし、路上に怖そうな人が多いな……」

上原は近くの電柱に書かれている住所を確認する。

「那覇市松山……もしかして、伶奈さんが近付かないようにって言っていた場所？」

路上に立っている怖そうな人は、お店の客引きで、この辺を徘徊《はいかい》している男性は歓楽街に遊びに来た人が多い。

「キミ可愛いね。どこの店？」

上原は突然、初老の男性に声を掛けられた。

「ち、違います！」

酔っ払いらしき男性に声を掛けられ、驚いた上原は慌ててその場を走り去った。

「はぁはぁ……ビックリした……どこのお店って聞かれたから、飲み屋とかで働いてる女性と間違えられたのかな……」

上原は同年代の女子と比べて少し大人っぽくて美人だ。格好も沖縄旅行ということで、やや派手めな服装だったこともあり、店のキャストと間違われてしまったのかもしれない。

その後も、店のキャストに間違われて声を掛けられたり、キャストの勧誘と思われる男性に声を掛けられたりと散々であった。

「伶奈さんの言う通り、近付いちゃいけない場所だった……なんか怖い……」

伶奈のような大人の女性なら、軽くあしらうこともできるだろうが、上原は見た目が大人っぽくても中身はまだ高校生の子供だ。こういう場所で男性に声を掛けられると恐怖を感じるだろう。

「一人で来るんじゃなかった……」

上原はアクセサリーショップで、遠山にお揃《そろ》いのアクセサリーを買ってプレゼントしたかったのだ。だから、他の人に知られたくなくて、自由行動を提案したのだった。

「あれ、ここどこだろ……」

男性に声を掛けられる度に、走って逃げていた上原は歓楽街のさらに奥の方へと来てしまっていた。

スマホのマップを見てもどこだか分からない。上原は心細くなり途方に暮れた。

「誰かを呼んで迎えに来てもらおう……」

緊急時には伶奈に連絡するように言われていたが、今は遠山に会いたかった。

その頃、遠山と沖田は国際通りから少し外れた場所を歩いていた。

ピリリリッ――

ズボンの後ろポケットに入れていたスマホが振動し着信音が鳴り響いた。

「上原さん？」

スマホを取り出し画面を確認すると、上原からの着信であった。

「もしもし、上原さん？」

『あ、……遠山？』

「どうしたの？」

『あのね……私迷子になっちゃったんだ……マップ見てもどこだか分からなくて……迎えに来てくれないかな？』

「う、うん、分かった。それで今どこだか分かる？　電柱とかに町名とか書いてないかな？」

『探してみる……』

上原は周囲を歩いて探しているのか少しの時間無言になった。

『あった！　松山一－××－×って書いてある』

「それで近くに何か分かりやすい建物とかない？　コンビニとか」

『えーと……近くにローソンがあるよ』

「じゃあ、上原さんはローソンの店内で待ってて。すぐ行くから」

『うん……遠山、ごめんね……』

「そんなことないよ。すぐに行くから！」

通話を終えると聞いた住所をマップで調べる。

「佑希、上原さんからの電話だったみたいだけど、どうしたの？」

「迷子になって帰れなくなったらしい。だから一緒に迎えに行こう」

「う、うん、分かった！」

上原の電話越しに聞こえてきた声は、元気がなさそうで少し怯《おび》えた感じだった。

「場所が分かった！　結構近いな……千尋、悪いけど走るよ」

マップで調べた限りでは走っていけば数分で着きそうだった。知らない土地で迷子になり不安で怯えていると感じた遠山は、一秒でも早く着けるように走った。

「コンビニが近くにあってよかった……」

コンビニに入ってしまえば声を掛けてくるような人はいないだろう。上原は遠山と連絡が取れてホッと胸を撫《な》で下《お》ろした。

「お姉さーん、どこのお店？」

上原がコンビニに入ろうと歩き始めると、お店の目と鼻の先で、またもや男性に声を掛けられた。

「お、メチャ可愛いじゃん。ラッキー」

今まで声を掛けてきたのは、中年くらいで全員一人だった。しかし、今回は二十代前半くらいの若い男性三人組だった。そのうち二人は強面《こわもて》でいわゆる、半グレのような容貌で普通なら近付こうと思わないような風体だった。

「あ、あの……わ、私、お店の人とかそういうのじゃなくて……か、観光で……その……」

三人組のいかつい男性に囲まれてしまい、上原は恐怖で足が竦《すく》んでしまう。

「あ、なに？　旅行で来てんの？　じゃあさ、俺たちいい店知ってから一緒に飲みに行こうぜ」

「おい、お前ら、この子怖がってるじゃないか。もちっと優しくできねえのか？」

三人の中では一見普通の容姿の男性が他の二人を窘《たしな》める。

「ごめんな、こいつら少し酔っててさ、見た目と口が悪いだけなんだよ」

「上島《うえしま》さん、そりゃないっすよ〜」

「うるせぇ、お前ら見た目が怖いからモテねえんだよ」

この上島という男はこの中で一番まともそうではあるが、それでも言葉遣いは荒く、一般人とは思えない雰囲気を醸し出していた。

「はぁはぁ……ち、千尋、あそこのローソンだと思う」

電話を受けてからコンビニが見えるまで全力で走り続けてきた遠山と沖田は、目的地が見えたことで足を止めた。

「はぁはぁ……ゆ、佑希、あ、あの男性三人に囲まれているの、上原さんじゃない？」

膝に手をつき、屈《かが》んで肩で息をしている沖田が、指を差した方向に上原の姿が遠山の目に飛び込んできた。強面の男三人に囲まれ怯えている上原を見た遠山はどう見ても普通ではない状況に、上原のもとへと再び走り出した。

「ゆ、佑希……ぼくも行く」

沖田もその後を追った。

「う、上原さん！」

「と、遠山⁉」

「なんだ、このガキは？」

突然、割り込まれ邪魔されたのが気に入らなかったのか、三人組の一人が遠山に睨《にら》みを利かす。どう見ても一般人には見えない三人組を前にして、遠山も恐怖を覚えた。

「ゆ、佑希！　上原さん！」

遅れて沖田も到着したが、この三人組を見て恐怖したのか一歩後ずさった。

「お、沖田くんまで……」

「また一人増えやがった。今度は随分とカワイイ男だな。お前ら知り合いか？」

「そ、その人は僕のつ、連れなんです！　な、何があったか分かりませんが、彼女をか、解放してもらえませんか？　あ、後は僕が話を聞きます」

遠山も恐怖で口が回らず、所々つっかえながらも訴えた。

「兄ちゃん、お前さんがこの子の彼氏か？」

上島と呼ばれた男が遠山に問う。

「そ、そうです！」

その問いに遠山は迷いもせず即答した。恐怖しながらも遠山は、上島の目を見据えたままだった。

「お前ら行くぞ」

「う、上島さん⁉」

「兄ちゃん、別にその子が何かしたってわけじゃねえから安心しな。うちの若いのがナンパしただけだ」

「そ、そうでしたか……」

「それより、こんな場所で彼女一人にさせるのはよくねえな。こいつらみたいな柄の悪い奴《やつ》もいるしな」

「上島さん、柄が悪いなんて酷《ひど》いじゃないっすか～」

「うるせぇ！」

「まあ、ここは未成年の来るところじゃねえから、早くホテルへ帰んな」

「は、はい、分かりました。ご忠告ありがとうございます」

遠山は上島という男に頭を下げた。

「嬢ちゃん、怖がらせて悪かったな」

「い、いえ……」

上島という男は上原に詫《わ》びのひと言を告げ、他の二人を引き連れて夜の街へと消えていった。

「はぁぁぁ――――っ！　こ、怖かった……」

三人が立ち去り、張り詰めていた緊張が解けると、遠山は腰が抜けて地面に膝をつきそうになった。

「と、遠山……怖かった！」

目に涙を溜《た》めた上原は、遠山の胸に飛び込んだ。

「う、上原さん!?」

上原の大きな胸が当たり、こんな時なのに不謹慎にも遠山はその感触を意識してしまう。

「私のせいで遠山に怖い思いさせちゃってゴメン……」

「いや、上原さんに大事がなくてよかったよ」

「沖田くんも駆け付けてくれてありがとう」

「いえ、ぼくは足が竦んじゃって何もできなかったから……」

「ううん、そんなことないよ。来てくれただけでも嬉《うれ》しいよ」

「と、とりあえず注目されちゃってるし、ここを離れようか」

さすがに上原のような目立つ女性が男に抱き付いている光景は非常に目立つ。この場所ではまたトラブルに巻き込まれる可能性もあるので、早急にここを離れる必要があった。

遠山たち三人は国際通り方面へと歩き始めた。

「どうして上原さんはあんなところに？」

国際通りから結構離れた場所だったので、遠山は不思議に思って聞いてみた。

「すごく欲しかったアクセサリーがあって、ショップに行こうと思ってたら迷っちゃったの。マップ見ても全然分からなくて、その間酔っ払いに何回も声を掛けられて、怖くなって逃げてたらさっきの場所まで来ちゃってたの」

「そっか……土地勘がないとマップを見てもよく分からないもんね。僕が方向音痴じゃなくてよかったよ」

「上原さんの行きたかったアクセサリーショップって何て名前？　さっき走ってる時に何軒かそういうお店を見掛けたから、もしかしたら近くにあるかも」

沖田は走りながらも周囲を確認していたようだ。

「沖田くん、このお店だよ」

上原はスマホで店のホームページを開き沖田に見せた。

「それで、上原さんが欲しいのってどれ？」

「マクラメ編みでホタルガラスの付いたブレスレットなんだ」

沖田はホームページの商品の写真をスクロールしていく。

「もしかして、これかな？」

上原が伝えた特徴に似た商品の画像を沖田はタップした。

「そうそう！　それだよ」

「そのお店ここからは少し離れてるようだね。歩いたら三十分くらいかかるかも」

沖田はマップを起動しルート検索で調べたようだ。

「上原さん、まだ営業してるみたいだし、せっかくだから行ってみる？」

気晴らしも必要だろうと遠山はお店に行くことを提案した。

「ううん……今日はやめておく」

「そっか……上原さん疲れてるようだから一回、マンションに帰ろう。それで落ち着いたらみんなと合流すればいいし、ダメならそのまま部屋にいればいいよ」

「うん、そうさせてもらう」

「千尋、僕は上原さんを送っていくけど、千尋にお願いしたいことがあるんだ」

「うん、さっきは役に立てなかったから協力するよ」

あの状況じゃ仕方がないことだが、沖田は気にしているようだ。

「ちょっと、こっちで話すよ」

そう言って遠山は、上原に聞かれないように、少し離れたところまで沖田を連れていった。

「上原さんに聞かれると困ること？」

「うーん……まあそうかな」

「それでぼくは何をすればいい？」

「まず、さっき繁華街で酔っ払いに絡まれたことは、みんなには黙っていて欲しいんだ。伶奈さんが知ったら、きっと自分を責めると思う」

「確かに……このことは黙っておくよ」

「それと、今から僕と上原さんがマンションに戻ったことも内緒にして欲しい。もし聞かれたら途中から僕と千尋は別行動になったって言えばいいよ」

「うん、分かった。理由は聞かないよ」

「助かる」

「もう一つ、さっき上原さんが欲しがっていたアクセサリーを、今から買ってきて欲しいんだ」

「これは上原さんに内緒？」

「うん、内緒で。あ、もしあれば三つ買ってきて。三つなければ一つでいいよ」

「三つか一つだね。了解」

「面倒なこと頼んじゃってゴメン」

「ううん、そんなことないよ。さっき役に立てなかったお詫びだよ」

「そこまで気にしなくていいのに」

「まあ、ぼくの自己満足だと思ってよ」

「分かった。それじゃあ頼んだよ」

「上原さん、ここからだとマンションまで遠いからタクシーで帰ろう。少し歩けば大通りだからタクシーは拾えると思う」

「うん、遠山に任せるよ。ゴメンね迷惑掛けちゃって」

「別に気にすることはないよ」


大通りに出てタクシーを拾ったところで遠山と沖田は別れた。

「さて、佑希に頼まれたブレスレットを買いに行こうかな」

沖田はマップを頼りに三十分ほど歩くと目的のお店に到着した。こぢんまりとしたお店だが、お客も多くその人気が窺《うかが》える。

「へぇ……サンゴとか使ったアクセサリーも売ってるんだ」

「売ってればいいけど……」

「えーと……マクラメ編みでホタルガラスの付いたブレスレットは……あった！」

沖田はお店のＨＰの写真と見比べて間違いのないことを確認する。

「三つ買えてよかった……なんで三つなんだろ？　一つは上原さんとして、あと二つは？　高井さんかな？　まあいいや。お土産《みやげ》かプレゼントだろうからラッピングしてもらおう」

遠山はラッピングのことなど頭になかったが、プレゼントにするなら必要だ。言われなくてもそこまで気を回せる沖田はさすがだと言えよう。

お店を後にした沖田は待ち合わせ場所の店がある国際通りに足を向けた。

「そういえば、あの時上原さんの彼氏だって佑希は言い切ってたよね……さっきもタクシー乗るまでずっと手を繫《つな》いでいたし、やっぱりそういうことなのかな？」

遠山に対して友達以上の好意を上原が抱いていることは、そういったことに鈍感な沖田ですら勘付くほど隠していなかった。だから、遠山と付き合っていても全く不思議ではなかった。

「でも、高井さんは……どうなのかな？　どっちかというと佑希は高井さんかなって思ってたけど……」

高井も控え目ではあるが、好意を隠さないようになってきたので沖田も気付いていたようだ。

「とにかく今日は二十一時までは、マンションには誰も帰らせないようにしないと……」

沖田は遠山と上原の二人きりの時間を、誰にも邪魔させないようにすることを心に誓った。

「上原さん、マンションに着いたよ」

大通りでタクシーをすぐに拾えたので、遠山と上原は比較的早い時間にマンションに戻ることができた。

マンションのエレベーターに乗り込むと、ドアが閉まるのも待たずに上原が遠山の胸に飛び込んできた。遠山はそれを受け入れ、上原を抱き締めた。

「今日は助けに来てくれて嬉しかったよ……遠山、ありがとう……好き……」

エレベーターの扉は閉まっているが、目的階のボタンは押されていなかった。

「僕の部屋に来る？」

その言葉に上原は無言で頷《うなず》いた。

「上原さん、着いたよ」

遠山と沖田が宿泊する部屋がある五階にエレベーターが到着するまでの短い時間、遠山と上原は抱き合っていた。遠山がエレベーターを降りようとするが、上原が身体《からだ》を離してくれない。エレベーターの扉が閉まり始めたのを、遠山が開くボタンを押し再び扉を開けた。

「上原さん、時間がなくなっちゃうよ」

遠山がそう言うと上原はようやく身体を離してくれた。

部屋の扉を開け上原が先に玄関に足を踏み入れ、遠山もそれに続いて玄関に入る。ドアが閉まると、上原が遠山の胸に頭突きをするように頭を預けてきた。遠山はドアの鍵を後ろ手に締めると上原の身体を抱き締めた。

「遠山……今日もカッコ良かったよ」

「そうかな……あの三人にビビッてたけどね」

「それでも、勇気を出して助けてくれた」

「上原さんは僕の大切な人だからね」

「嬉しい……」

上原は上目遣いで遠山を見つめ、しばらくすると目を瞑《つぶ》った。上原の唇に遠山は唇を重ねた。触れるだけのキスを何回も繰り返した。すると痺《しび》れをきらした上原が遠山の頭に手を回し、唇を押し付けてきた。遠山はそれに応え、舌と舌を絡めるようなキスをする。

どれくらいキスを続けただろうか、遠山の胸に押し付けられた上原の膨らみに手を伸ばした。

「んんっ！」

上原の口から声が漏れる。

「遠山、シャワー浴びさせて……」

「うん、分かった」

二人はようやく玄関から移動し部屋に入った。

「上原さん、先にシャワー浴びてきていいよ」

「うん、行ってくる」

上原がシャワーを浴びている間に遠山はコンドームを財布から取り出した。高井とする時のために常に持ち歩いていた。

遠山もシャワーを終え、二人はベッドに腰掛けている。

「あの……恥ずかしいから電気を消してもいい？」

「うん、分かった」

ベッドルームの照明を消した遠山は上原の隣に再び腰掛けた。そして上原をベッドに優しく押し倒しキスをした。遠山はキスをしながら上原のバスタオルを取り去った。

「ああ……恥ずかしい……」

窓から差し込む月明かりに、上原の裸体が照らされた。

「綺麗《きれい》だ……」

上原の身体は美しかった。大きく形の整った胸、細い腰、適度に大きなお尻。そしてきめ細かでシミひとつない肌。

「遠山……その初めてだから……」

「うん、分かってる」

そして薄暗い部屋の中、二人は身体を重ねひとつになった。

…………………

…………

……

遠山と上原はベッドに横になり手を繋いでいた。

「遠山？　起きてる？」

「起きてるよ」

「遠山、あのね、さっきは聞かなかったんだけどコンドーム持ち歩いているんだね」

「ああ……高井とする時のために常に持ち歩いていたんだ」

遠山はもう誤魔化《ごまか》したり、嘘《うそ》をつくのはやめると決めていた。だから正直に話した。

「やっぱり、あの時は高井さんとするためだったんだね……」

上原が言うあの時というのは、コンドームを買ったのを目撃された時のことだろう。

「私さ……あの時から遠山のことが気になってたんだ。それで、接しているうちにどんどん好きになっていって……高井さんに真実を告白された時は悲しくて仕方なかった」

「うん……」

「でもね、今こうやって遠山とこうしていられるのは、高井さんのお陰でもあるの。高井さんと遠山がそういう関係でなければ、私は遠山とただのクラスメイトのままだったと思うんだ。遠山と高井さんの過去の積み重ねが〝今〟の私に繋がっているの。だから、遠山と高井さんと私の三人で〝今〟を積み重ねていった未来を私は見てみたい」

上原が出した結論は遠山と同じであった。

「そうだね……僕もそれを見てみたいと思ってる」

「高井さんは同じ方向を見てくれているかな……」

第六話　決断

「みんなシートベルトはちゃんと締めた？」

サングラスを掛けた伶奈《れな》が運転席からみんなに声を掛ける。

「それでは出発進行！」

沖縄二日目はレンタカーを借り、伶奈の運転で美《ちゅ》ら海《うみ》水族館に行く予定だ。モノレールでレンタカーの店まで行ってそのまま水族館へと向かう。

「まずは朝食を食べないとね。これから沖縄にしかないファストフードに連れていってあげる」

「沖縄にしかないっていうのは楽しみですね」

沖田《おきた》が目を輝かせている。

「伶奈さんオススメなら期待大ですね」

相沢《あいざわ》も昨日のしゃぶしゃぶの件で、食べ物のことには信頼を置いているようだ。

「そのファストフードは何ていうお店なんですか？」

「麻里花《まりか》ちゃん、それは秘密よ。検索されたら面白くないからね」

「私が検索したところ沖縄にしかないファストフードは二店出てきた」

「柚実《ゆみ》!? なんで検索しちゃうのよ？」

「お姉さん、前をシッカリ見て運転してください」

昨日の疲れも取れたのか、朝からみんなのテンションが高かった。


「はい、到着！」

目的の沖縄にしかないというファストフード店に到着した。車を降りて外に出ると、ムアッとした空気が夏を感じさせた。

「伶奈さん、お疲れさまです。車の運転ありがとうございます」

「美香《みか》ちゃん、大丈夫よ。私、運転するの好きだから気にしないで」

「そう言ってもらえると助かります」

「美香ちゃんは感謝もできるし、労《ねぎら》う心もあって素敵！」

伶奈はお気に入りの美香に労われてご機嫌のようだ。

「エーアンドダブリュ……？」

大きな看板を見上げながら上原《うえはら》が店名を読み上げた。

「オールアメリカンフードとも書いてあるけど、どっちが店名なんですかね？」

「伶奈さん、店名はどっちですか？」

「……そういえば、どっちなのかしら？　考えたことなかったけど」

「やっぱりA&Wじゃないですか？」

「私も遠山《とおやま》と同じ意見です」

よく分からない店名論争が始まった。

「麻里花ちゃん、店名なんてどうでもいいのよ。私がこの店にみんなを連れてきたのは、あるドリンクを飲んでもらいたかったからなの」

「それって美味《おい》しいんですか？」

「遠山くん、美味しいと思うよ？」

「なんで疑問形なんですか⁉」

「とりあえず飲んでみれば分かるから。モーニングの時間終っちゃうから早く入りましょう」

店内に入ると、かなりの広さのアメリカンな内装のお洒落《しゃれ》な店であった。

「このベルは何ですか？」

上原が入り口付近に置いてある長い紐《ひも》が付いた大きなベルを指差した。

「これはサンキューベルといって、楽しく食事ができたら帰り際に鳴らしてね、というやつよ」

「へぇ……面白いですね。伶奈さんは鳴らしたことあります？」

「毎回鳴らしてるわよ。麻里花ちゃんも帰りに鳴らしてみるといいよ」

「はい、帰りに鳴らしてみます」

一行は入り口付近に貼り出してあるメニューに目を向けた。

「この時間はモーニングメニューのモーニングプレートかサンドウィッチがオススメかな。ハンバーガーは特別美味しいってわけじゃないけど、飲み物はルートビアがオススメ。でも、全員で頼まない方がいいかな。ちょっとクセがあって苦手な人もいると思うから」

伶奈が親切にオススメを教えてくれた。

各々注文を済ませ、トレーをテーブルに持ち寄った。大型店なので六人でも余裕で座ることができた。ルートビアは遠山と伶奈と上原が注文し、他のメンツはスープやコーヒーにしたようだ。

「それにしてもジョッキに入ってくるとは……ルートビアってコーラみたいなやつなのかな？」

ジョッキに入った黒い炭酸の液体は、一見するとコーラのように見える。

「遠山くん、百聞は一見にしかず、よ。とりあえず飲んでみなさい」

「わ、分かりました……」

ルートビアという謎のドリンクを飲む遠山に注目が集まった。

「うぇっ！　何これ!?」

「佑希《ゆうき》、どんな味？」

「千尋《ちひろ》……飲めば分かるよ……」

そう言って遠山は沖田にジョッキを渡した。

「う、うん……」

沖田は恐る恐るジョッキに口を付けた。

「うぇぇっ！　何これ⁉　湿布⁉」

何とビックリ、どう考えても湿布以外の何物でもない味がしたのだ。

「麻里花、ちょっと飲んでみなさいよ」

相沢が、上原に早く飲めと催促している。

「わ、分かった……」

上原は意を決してジョッキを呷《あお》った。

「湿布！　どう考えても湿布！　はい、次は美香の番ね」

「えーっと……飲まなきゃダメ？」

「ダメ、これは全員飲まないと沖縄に来た意味がないわ」

「そ、それじゃ行きます……」

伶奈にダメ出しをされ仕方なさそうに相沢はジョッキを手にし、黒い液体を口に含んだ。

「うん……？　確かに湿布だけど……意外とイケる……かも？」

「美香ちゃん、そうなのよ。飲み慣れてくると、美味しいかも？　ってなるのよね。でも、美味しいってならない不思議な飲み物」

そう言われると確かにそうだなと、遠山は思った。沖田も相沢も上原もそう思っているに違いない。

「じゃあ、最後は柚実ね」

伶奈が購入したルートビアを高井《たかい》は躊躇《ためら》わずに、水のように飲み始めた。

「うん……美味しい。姉さん、これ美味しいね」

クセになると伶奈は言っていたので、高井家の舌には合っているのかもしれない。

こうしてルートビアの試飲会は無事終わった。サンドウィッチやモーニングプレートは普通に美味しかったようだ。

「さて、朝食も食べたしこのままノンストップで美ら海水族館まで行くわよ」

こうして楽しい朝食の時間が終わり一行はエントランスへと向かった。

「麻里花ちゃん、楽しくて満足な食事はできた？」

「はい、できました！」

「じゃあ、サンキューベルを鳴らしましょうか」

上原はベルから伸びた長い紐を前後左右に揺らした。

ガランガラン――

「わ、思った以上に音が大きかった」

　鳴らした上原本人が驚くほど、ベルの音は大きかった。

　Ａ＆Ｗを後にした遠山たちは、海沿いの道から山道を抜け、再び海沿いの道を進み美ら海水族館に到着した。

　車を立体駐車場に停《と》め水族館まで徒歩で移動する。坂を上りしばらくするとジンベエザメのモニュメントがあり、記念撮影をしている観光客が集まっていた。

「私たちも、ジンベエザメをバックに写真撮っていかない？」

　上原の提案で近くにいた観光客に撮影を頼んで、全員の集合写真を撮ってもらった。

「写真写り、僕だけ悪くない？　お姉さんはモデルだから写りが良いのは分かるけど、他のみんなも随分と写真写りが良いよね？」

　撮影した写真を確認した遠山が不思議そうにしている。

「遠山くんも慣れれば写真写りは良くなるよ」

「慣れるもんなんですか？」

　遠山が伶奈に疑問を呈す。

「写真写りの良い人は、自分がどの角度で撮られると一番写りが良いか分かってるから、カメラを向けられると自然にその角度とポーズが取れるんだよ」

「なるほど確かに一理ありますね」

写真写りの良い悪いを理論立てて説明できるとは、さすが現役モデルだなと遠山は感心した。

「遠山くんは自分の一番写りの良い角度とか、ポーズを知らないでしょう?」

「昔から写りが悪いと思っていたから、写真を撮られるの避けていたっていうのはありますね」

「だから、本当はたくさん撮られていくうちに、自然と身に付くものなのよ。まあ、麻里花ちゃんも美香ちゃんも千尋くんも、もちろん柚実も素《もと》が良いから、どうやっても写りが良いんだけどね」

遠山は自分でイケメンだとは全く思っていないが、現実を突き付けられるとさすがに少し落ち込んだ。

「まあ、人間顔じゃないから」

「お姉さんが言うと説得力ありますね」

「でしょ?」

何となくだが伶奈は顔で男は選ばない女性だと遠山は思っている。

ジンベエザメのモニュメントを抜けて、エスカレーターを降りたところに水族館の入場口がある。坂を上ったりエスカレーターを降りたりと変わった作りである。

水族館に来る途中の道の駅で三百円ほど安い前売り券を事前に購入しているので、遠山たちはそのまま入場口へと向かった。

道の駅で前売り券が安く買えることを教えてくれたのも伶奈である。本当に頼りになる人だと遠山はつくづく思った。

駅の改札のような入場ゲートを通過すると、最初に現れるのは浅瀬を再現した『イノーの生き物たち』だ。ここにはヒトデなどが展示されている。

「ヒトデって結構硬いんだよね。高井は触ったことある？」

「私はないかな。佑希はどこで触ったの？」

「小学生の頃に遠足で行った水族館で、ふれあいゾーンみたいなのがあって。ヒトデは硬いけど、ナマコは柔らかいんだよね。ウニなんかも展示されてて触れることができたような気がする」

「ウニって触っても大丈夫なの？」

「種類があるのかもしれないけど、遠足の時は触っても大丈夫だった記憶がある」

「小学生くらいだと、そういうのを怖がるけど佑希は平気だったんだね」

「周りの子は嫌がってた記憶あるな。その子たちにナマコを目の前に差し出して怒られた記憶があるよ。生き物は水から出しちゃダメって」

「佑希は子供の頃はいたずらっ子だったんだ？　今とイメージが違うね」

「そうかな？　いやそうかもしれないな。小学校くらいまでは公園で野球やったりしてたからなぁ」

「いつから、一人で本とか読み始めたの？」

「小学校の高学年になったあたりかな？　その頃よく遊んでいた同級生の男子に謂《いわ》れのないイジメの加害者扱いされてさ、結構大事《おおごと》になっちゃったんだよね。相手の物がなくなったり、捨てられてたり」

「でも、佑希はやってなかったんでしょう？」

「もちろん、そんなことしないよ。で、結局はその子の自作自演だったんだ」

「どうして、佑希に罪を擦《なす》り付けようとしたの？　その子は」

「野球とかゲームで結構ボコボコにしてたから、悔しかったみたい」

「それは完全に逆恨みだね」

「で、僕は思ったわけだよ。ああ、人と仲良くすると損するなって。交流を持たずに無関心を貫けば逆恨みされることもないし、何かあっても話したこともないから、僕は知らないって言えば済むなって思うようになった。で、やることないから一人でも楽しめる本を読み始めたんだ」

「そうなんだ……そんな過去があったなんて初めて知ったよ」

「誰にも話したことがないから、うちの両親しか知らないことだよ」

遠山は自ら殻に閉じこもることで自分自身を守っていたのだ。

「でも、やっぱり人と関わると何かしらトラブルが起こるのは小学生でも高校生でも同じだった」

遠山が今言っていることは、上原と遠山に対する嫌がらせの件だろう。

「やっぱり、今でも人と関わり合いたくないと思ってる？」

高井が遠山の顔を覗《のぞ》き込んだ。

「いや……今は思ってないよ。小学生の頃と違って解決する知恵もあるし、何より大事な人との繋《つな》がりができたからね」

上原に対する誹謗《ひぼう》中傷を解決したのも遠山の知恵だし、それによって生まれた人との繋がりもある。あの嫌がらせがなければ、上原との繋がりもあれ以上強くなることはなかったかもしれない。上原との繋がりがなければ、こうして高井と沖縄に来ることもなかっただろう。

「結局、逃げてるだけでは人との繋がりもできないし、物事は好転しないんだよな」

「うん、それは私にも分かるよ。母や姉さんとも向き合わず、自分の心とも向き合わなかった私は本当に空っぽだった。佑希に依存を続けた結果、赤点を取って補習になった。でも、佑希や相沢さんや沖田くんの協力で解決できた。佑希が言うように人との繋がりを避けていても物事は良い方向には進まないということが分かった」

高井は上原や相沢、沖田たちと少しずつ繋がりを持ったことで、殻を破ることができたのだ。そして、その繋がりを作るきっかけは遠山だった。遠山との交流がなければ、高井もまた殻に閉じこもったままだったであろう。

「こうやって、佑希と沖縄に来られたのも、上原さんと向き合ってできた繋がりからだから……」

高井もまた、遠山と上原と同じ方向を見ていた。

「高井、僕は君に話さなければならないことがあるんだ」

「なあに？」

「昨日、僕は……上原さんを抱いた」

なぜ、遠山が上原を抱いたことを高井に明かしたのか。それは今の話で高井も上原と同じ方向を見て、そこに向かっているのが分かったからだ。遠山と高井、上原の想《おも》いは同じ方向に収束を始めたのだ。

「……うん、何となく気付いていたよ。昨日、沖田くんだけ先に戻ってきて、後から佑希と上原さんが戻ってきた時の彼女の顔を見て分かった」

「僕は——」

「柚実、遠山！　いつまでそこ見てるの？　早くジンベエザメ見に行こう」

相沢が二人に駆け寄り、話しかけたことにより、遠山は言葉を途中で中断した。

「高井、行こうか」

「そうだね、あまり待たせちゃ悪いしね」

『イノーの生き物たち』から『サンゴ礁への旅』の展示を抜けて、いよいよ美ら海水族館の目玉『黒潮の海』へとやってきた。

「おお……デカい……」

水槽もさることながら、その水槽を泳いでいるジンベエザメを見た遠山は、その言葉以外には思い浮かばなかった。

「凄《すご》いね……私は何回かここに来たけど、毎回その大きさと美しさに驚いているよ」

「お姉さん……」

遠山と伶奈は二人並んでジンベエザメを見上げている。高井は相沢に連れていかれ四人で、同じくジンベエザメを眺めていることだろう。

「さっきは柚実と随分と長話をしていたようだけど何かあった？」

いつもは、おちゃらけていて摑《つか》みどころのない伶奈だが、今は違っていた。友達のような人懐っこさは鳴りを潜め、少し近寄りがたい保護者という大人の雰囲気を醸し出している。

「はい、昨日……僕は上原さんを抱いたことを高井に話しました」

「……遠山くん、君は馬鹿なのか⁉ 私は柚実の姉なんだよ。私にぶっ飛ばされる可能性だってあるんだよ⁉」

「はい、分かってます。でも、お姉さんは僕たち三人の関係を全て知ってる人です。だから話さないわけにはいかないんです」

「ふぅ……遠山くんの馬鹿正直なところは好感が持てるけど、もっとやりようがあったかもしれないよ？」

「馬鹿なんで他に思い浮かびませんでした」

「そうか……でも、ぶっ飛ばしたりしないから安心して。柚実の表情を見て受け入れたことが分かったから。あの子がそう決めたなら私は何もできないよ」

「今回、沖縄旅行に僕たち三人を誘ったのは、この旅行中に何か一つでも結論を出せ、というお姉さんのメッセージだったんじゃないかと思ったんです。昨日、上原さんと話をしました。さっき、高井と話して僕たち三人は同じ方向を見ていることが分かったんです。だから僕はお姉さんに全てを話すことを決めました」

「同じ方向とは何？」

「今の僕たちの関係は過去の積み重ねの結果です。どれか一つでも欠けていれば今の状況はなかったはずです。だから、三人で〝今〟を積み重ねていった行く末には何があるのか、知りたいんです」

「つまり、今の状況は必然であり運命であると？」

「たぶん、そんな感じです」

「運命の行く末は破滅かもしれないよ？」

「そうかもしれません」

「そうか……三人とも覚悟を決めたんだね。なら私から言えるのは……子供は就職するまで作るな、大学は必ず卒業しろ、就職までにもう一つ結論を出せ、くらいだ。学生のうちはその三人の関係を続けることができるかもしれない。でも、社会に出るとそうはいかない。普通じゃないものは排除される。その選択肢を選んだ君たちは普通ではない」

「はい、普通ではないのは分かっています」

「いいさ、月日が経《た》てばまた別のものが見えてくるかもしれない」

「そうかもしれません」

「この話はもうやめよう。私には理解はできないから。でも、正直に話してくれてありがとう」

「いえ、ご心配をお掛けしました」

「ホントだよまったく……まあ、私も陰ながら見守るから」

「お姉さん、頼りにしてます」

「それじゃあ、私たちもみんなに合流しよっか。そろそろお腹《なか》も空《す》いたしお昼にしよう」

上原たちに合流した伶奈と遠山は、ジンベエザメを見ながら昼食をとり、残りの展示を見て回った。屋内展示以外にも屋外展示があり、全てを見終わった頃には日が傾き始めていた。

「じゃあ、そろそろ帰りましょう。今日の夕飯は沖縄料理にするよ」

帰りは伶奈オススメの沖縄料理店で、夕食をとり沖縄旅行二日目を終えた。

第七話　無人島

I am boring, but my classmates do not know
what I am doing in your room.

沖縄三日目はナガンヌ島という無人島に船で渡り一泊する予定だ。宿泊しているマンションから、タクシーで二十分ほどの距離にある泊港《とまりこう》から船が出ている。

当日の朝、マンションからタクシー二台に分乗し、泊港の北岸で降車した。

「それじゃあ、私は受付してくるから、みんなは待合所で待っててね」

伶奈《れな》が一人で受付をしてる間、遠山《とおやま》たち五人は少し離れた船の発着場の近くにある古びた待合所に向かった。

「私、船に乗るの初めてだけど船酔い大丈夫かな？」

行きの飛行機で少し酔った上原《うえはら》が心配そうな表情を浮かべている。

「島まで二十分くらいだっていうし、大丈夫じゃないかな？　心配なら酔い止めを飲んでおけばいいよ」

かくいう遠山も船に乗るのは初めてだが、特に不安そうにはしていなかった。

待合所は古いコンクリートの平屋で、二十人ほどが座れるベンチがあり、チケット売り場が二ヶ所あるが今は開いていない。

「ねえ、遠山？　あそこに大きい船が停《と》まっているけどあれじゃないよね？」

待合所から見える立派なクルーズ船を相沢《あいざわ》は指差す。

「さすがに違うと思うよ。僕たちが乗るのは高速船だっていうし、もっと小さい船なんじゃないかな」

相沢が指差したのは離島に向かう定期船ではないだろうか。

「ちょっと船の近くまで行ってみない？」

「上原さん、荷物が邪魔じゃない？」

上原が船を近くで見たいと遠山に目を向けた。今日はナガンヌ島に泊まる予定なので荷物が多い。

「佑希《ゆうき》、荷物はぼくが見ておくから、四人で行ってきなよ」

沖田《おきた》が荷物の見張り役を買って出た。

「千尋《ちひろ》悪い。あとで慌てないように乗船場所を下見してくるよ」

遠山は上原、相沢、高井《たかい》を連れて、乗船場所がある岸壁へと向かった。

「あれ？　千尋くん一人？　みんなはどこに行ったの？」

受付を終えた伶奈が待合所の沖田に合流した。

「佑希たちは、乗船場所の下見をしてくるって言っていました。ぼくは荷物番です」

「私と合流してから行けばよかったのに」

「いえ、ぼくが見張りを買って出たので大丈夫です」

「そう？　悪いわね。みんなと一緒に行きたかったでしょ？」

「うーん……ぼくは肌が弱くてあまり日焼けしたくないので、日陰のここにいた方が正直なところ楽です」

「だから、肌の露出が少ない服装なのね。今日の海水浴は大丈夫なの？」

沖田は七分丈のボトムスに、Ｔシャツの上に八分袖のサマーカーディガンを羽織り、露出が少ない格好をしている。

「日焼け止めもありますし、長袖のラッシュガードも持ってきましたから大丈夫です」

「レストコテージも予約してあるから無理しないでね」

「はい、お気遣いありがとうございます」

色々なことを想定して何から何まで準備をしている伶奈に、沖田は感謝するとともに尊敬の念を抱かずにはいられなかった。

「伶奈さん……お話があるんですが、よろしいですか？」

「うん、大丈夫よ」

「黙っていようかと悩んでいたんですが、やはり保護者としての伶奈さんには話した方がいいかと思いまして」

「うん、何かあったの？」

「実は初日の夜――」

沖田は初日の夜、上原が道に迷いナンパされたことを事細かく伶奈に話した。遠山には内緒にして欲しいと言われたが、保護者の伶奈がこれだけ色々と考えているのに黙っているのは申し訳ないと思ったからだ。

「そう……だからだったのね……」

「それはどういう意味ですか？」

伶奈は初日の夜に上原を抱いたという話を遠山から聞いている。キッカケとしてその件があったからだということに納得したが、沖田に話すわけにはいかない。

「ううん、こっちの話だから気にしないで。話してくれてありがとう。遠山くんに黙っていて欲しいと言われているなら今回、私は聞かなかったことにしてあげるわ」

「はい、ありがとうございます……それで、その……佑希は上原さんと付き合っているんでしょうか？」

「あら、気になる？」

「まあ、友達のことですし、高井さんのこともありますから」

高井が遠山に好意を持っていることは。沖田も薄々勘付いていることだ。

「柚実《ゆみ》のことも気にしてくれているのね。千尋くん、ありがとう」

「みんな大切な友達だから、できれば全員幸せになって欲しいなって」

「千尋くんは友達想《おも》いの良い子だね。柚実も良い友達を持ったと思う。遠山くんたちのことは千尋くんが心配することはないと思うの。あの三人はなにかしらの答えを見つけたようだし」

「伶奈さんは何か聞いているんですか？」

「まあ、ね。遠山くんたちが自分から千尋くんに話さない限り、私からは詳しく教えられないけど……大丈夫だと思うわ。だから、三人を信用してあげて」

「分かりました。伶奈さんが言うなら心配ないです」

「あら、千尋くんに信頼されているのは嬉《うれ》しいけど、私だって間違えることもあるわよ？」

「でも、佑希が信頼を置いているんですから、ぼくも伶奈さんを信頼しています」

「もう、嬉しいこと言っちゃって！」

沖田に抱き付こうとする伶奈だが、今日も沖田に躱《かわ》されてしまう。

「もう、千尋くんのいけず！」

このところ鳴りを潜めていた伶奈らしさが少し戻ったようだ。

「お姉さん、受付ありがとうございます」

乗船場所を下見に行っていた遠山たち四人が待合所に戻ってきた。

「伶奈さん、乗船場所を見てきましたけど、まだ船は到着していないようです。船が来たらここから見えるので到着してから向かっても十分間に合うと思います」

「美香《みか》ちゃん、下見ありがとうね。外は暑いし船が到着するまで、ここで待っていましょう」

待合所で十五分ほど過ごしていると、目的の船が乗船場所に接岸するのが見えた。

「船が来たみたいだから、そろそろ行きましょう。忘れ物ないようにね」

ナガンヌ島行きの船は海が穏やかであったこともあり、それほど揺れなかったので船酔いする人も出ず無事に島に到着した。

ナガンヌ島は、東西約一・七キロメートル、南北約二百メートルと細長い無人島だ。川がないことから土が海に流れ込まないため海はすこぶる綺麗《きれい》だ。

「うわぁっ、凄《すご》い綺麗……」

四方をサンゴ礁に囲まれた、小さな離島の桟橋に降り立った上原が感嘆の声を上げた。

「本当に綺麗……凄く深そうなのに海底がハッキリ見える……」

海面から五メートルくらいの高さにある桟橋の手すりから身を乗り出し、高井は海面を覗《のぞ》き込んだ。

「本島の海は思ったほど綺麗じゃなかったけど、ここはまるでプールのような透明度だね」

高井はプールと比較したが、下手《へた》なプールよりはるかに透明度が高く、その海水は澄んでいた。

「それじゃあ、受付を済ませたら各自着替えて、更衣室前に集合しましょう」

伶奈の誘導で受付へと向かった。

受付でロッカーの鍵を受け取り、男女に分かれたシャワー付きの更衣室へ遠山たちは入っていった。


「遠山、お待たせ！」

女性陣が着替え終えたようで、黒のビキニに身を包んだ上原が先頭をきって更衣室から出てきた。

「遠山、この水着どう？」

「う、うん、凄く似合ってるよ……」

上原の高校生離れしたスタイルを見た遠山は、沖縄初日に水着どころではなく、裸まで全てを見ていることを思い出してしまい、思わず目を逸《そ》らした。

「ホント⁉　やったぁっ！　遠山に褒められた！」

「麻里花《まりか》はどこまで、それを育てるつもりなの？」

上原の圧倒的なボリュームの胸元に、更衣室から出てきた相沢が目を向ける。

「上原さん、オッパイが大きくて羨ましい」

続いて更衣室から出てきた高井までもが、上原の胸元に釘付《くぎづ》けだった。

「高井さんまで⁉　そんなに注目されると恥ずかしいんだけど……」

「そんな、セクシーな水着、目立つのは当たり前じゃない」

ここにいる観光客は当然のことだが全員水着だ。それでも上原の水着姿は目立っている。

いや……上原の存在自体が目立っているのかもしれない。

「ゆ、佑希、私の水着はどうかな……」

高井は恥ずかしそうにしながらも、遠山をチラチラと横目で見ながらアピールしてくる。

「うん、その大きなリボンも可愛《かわい》いし、その下はスカートっていうの？　高井に凄く似合ってて可愛いよ」

高井の水着はスカート付きのビキニで、胸元に大きなリボンが付いている。それにパーカータイプのラッシュガードを羽織っていた。

「あ、ありがとう……佑希に褒められて嬉しい……」

照りつける日差しで分かりにくいが、高井は少し顔を赤くして照れているようだ。

「遠山、私の水着はどう？」

相沢も褒められたいのか、遠山に向けてポーズを決めている。

「うん……相沢さん、似合ってますよ」

「えっ⁉　それだけ？　ほらデザインとか色とか褒めるところはたくさんあるでしょう？」

相沢の水着はピンクのビキニタイプで、ブラもパンツもフリルが付いている可愛いタイプだ。ブラのフリルは全体を覆っていて、胸のサイズを気にする人にオススメと聞いたことがある。相沢にはとても言えないが。

「え、えーと……フリルと色が相沢さんらしくて可愛いです」

「褒めるところがないから、頑張って見つけました、みたいな感想ね。まあ……アンタには柚実と麻里花に対して、特に可愛く見える特殊なフィルターが掛かっているから仕方ないか」

相沢のツインテールに、その水着はフィルターを通さなくても可愛くて似合っていた。

「遠山はなんの変哲もない水着だね」

相沢が言うように遠山は普通のサーフパンツだ。

「男の水着なんてこんなもんじゃない？　千尋だって似たようなもんだよ」

沖田も同じようにサーフパンツだが長袖のラッシュガードを羽織っている。

「でも、なんとなく違うのよね……沖田は可愛いっていうかなんていうか……普通の格好をしていても似合っているのよね」

そんな水着のお披露目《ひろめ》会をしていると、最後を飾るに相応《ふさわ》しい人物が現れた。

「みんな、お待たせ。着替えるのに手間取っちゃった」

少し遅れて伶奈が更衣室から出てきたのだ。

「伶奈さん、素敵！」

上原が思わず声を上げた。

伶奈はモデルをやっているだけのことはあって、スタイル抜群でパレオ付きの大人なデザインの水着を完璧に着こなしている。

「本当……モデルみたい……」

相沢は忘れているようだが、伶奈はモデル事務所に所属している現役のモデルだ。

「相沢さん、お姉さんはモデルだよ」

「あ、そうだった……そりゃ本職だからこの着こなしは当然か……」

遠山に突っ込まれて相沢は思い出したようだ。

「遠山、時間がもったいないから早くビーチに行こうよ」

上原は早く海に入りたくて仕方がないようだ。

「レストコテージを借りているから、そこに荷物を置いて海に行きましょう」

レストコテージとは南北に吹き抜けになっている木造の建物で、ビーチパラソルにより日差しを遮ることができる。

「伶奈さん、レストコテージまで予約してたんですか？」

「もちろんよ。女性に紫外線は大敵だからね。みんな日焼け止めはちゃんと塗るんだよ。そうしないとシミができちゃうからね。男性陣も肩とかに塗らないと火傷《やけど》みたいになって後で痛い目みるからね。特に上に何も羽織ってない遠山くんはね」

「サンオイルでも大丈夫じゃないの？　〝ＳＰＦ４〟って書いてあるよ。これって紫外線をカットする効果の数字でしょう？」

「まあ、そうなんだけど遠山は全然日焼けしてないから、日焼け止めを塗って日焼けした方が安全だよ」

伶奈が言うように遠山は夏休みのほとんどを、家や図書館で過ごしているので肌は真っ白であった。

「特に肩とおでこ、鼻とか出っ張ったところは日焼け止めの方がいいよ」

お肌のケアに関しては伶奈に従った方が間違いないだろう。

「分かった、お姉さんの言う通りにしますよ」

「あら、遠山くん随分と素直じゃない？」

「まあ、お姉さんの言ってることに間違いはないでしょうから」

遠山もまた伶奈信者になりつつあった。

「もう、遠山くんてば嬉しいこと言ってくれちゃって。でもね……私に惚《ほ》れちゃダメよ？」

旅行に来てから保護者としての責任からか、ふざけたり茶化《ちゃか》すような言動はあまりなかったが、ようやく伶奈らしくなってきた。

「まあ、お姉さんに惚れた男は大変そうですね」

「遠山、早く荷物置いて海に入ろ？」

上原に促され、遠山たちはレンタルしているレストコテージへと向かった。


「ひゃっほ――――っ！　海だ――――っ！」

ビーチの目の前に設置されたレストコテージから日焼け止めを塗り終えた上原が、いち早く海へと飛び出していった。それを追って相沢が海に向かって走っていった。

「高井、僕たちも行こうか」

「うん」

真っ白な砂浜を僕と高井はゆっくりと海に向かって歩いていく。

「本当に綺麗……」

青い海に青い空、ゴミひとつない真っ白な砂浜、その光景に高井は圧倒されているようだった。

この無人島は周囲がサンゴ礁に囲まれ遠浅で、波もほとんどなく穏やかなため、水遊びには最適なビーチだ。

遠山たちが泳いでいるビーチは遊泳専用でボートなどが入ることはできない。反対側のビーチがバナナボートなどのアクティビティを楽しめる場所になっている。

「遠山、見て見てーナマコだよナマコ。ナマコがいる」

遠山と高井が海に入ると、上原がナマコを見つけたようで楽しそうにはしゃいでいる。

「遠山、ちょっと触ってみてよ」

水深一メートルくらいのところにいたナマコを上原は指差した。

「え、まあ……いいけど……」

遠山はゴーグルを着けて潜り、水中からナマコ出さないように両手で持ち上げてみた。

「遠山、どんな感じ？　柔らかいの？」

海面から顔を出した遠山に相沢が聞いてくる。

「相沢さんも触ってみれば？」

「え？　それはちょっと……毒とかないの？」

「そりゃ、僕が今触っていたし、大丈夫だよ」

「じゃあ……触ってみる」

「水中から出さないように優しくね」

「遠山、分かった」

相沢もゴーグルを着け、海に潜った。

「ぷはぁっ」

相沢はナマコを突《つつ》いたり、持ち上げたりした後、海面から顔を出した。

「美香、どうだった？」

上原はナマコの触り心地に興味津々なようで、相沢に感想を求める。

「麻里花ちょっといい？」

「ひゃあっ！　み、美香、どこ触ってんの⁉」

相沢が突然、上原の胸を水着の上から揉《も》み始めた。

「うーん……麻里花のおっぱいと同じくらいの柔らかさかな？」

「ちょ、ちょっと何と比べてるのよ⁉」

「私も触ってみたい」

そう言うと続いて高井も海に潜り、ナマコを触り始めた。

「ひぁっ！　た、高井さん？」

高井はひと通りナマコを触り終えると、泳いで上原に近付き、なんと水中から胸を触り始めたのだ。

「うん……相沢さんの言う通り同じくらいの柔らかさだ」

水中から顔を出した高井は真剣な表情だった。

——高井ってこんなキャラだったっけ？

海に来て高井の本性が解放されてしまったのだろうか？

「アンタたち……私の胸を何だと思ってるのよ？」

「何って……ナマコ？」

「高井さん⁉　ヒドい！」

「いや、ナマコより大きいし麻里花の勝ちだね」

「勝ち負けじゃないから⁉」

「あ、遠山も触ってみる？」

突っ込みを無視した相沢が遠山に向き直り、上原の胸を指差す。

「い、いやいやいや！　それを僕がやったら犯罪でしょう？」

「なんだか盛り上がってるわねぇ。私も混ぜて欲しいな」

レストコテージでしばらくの間、遠山たちを見守っていた伶奈がパレオを外して海に入ってきた。ビキニ姿の伶奈はそのスタイルの良さを惜しげもなく披露していた。

「あれ？　沖田くんは？」

レストコテージに一人、座っている沖田を見た高井が伶奈に問い掛けた。

「千尋くんね、肌が弱いからあまり日焼けできないんだって。長い時間は無理だから後で少し海に入るって言っていたよ」

「沖田くんに悪いことしちゃったかな？」

相沢は自分達だけ楽しんでいるのを、申し訳なさそうにしている。

「千尋くん、自分のことは気にしないで楽しんできて、って言っていたから大丈夫だよ」

「そっか……じゃあ遠慮なく楽しもうか」

「お昼はバーベキューを予約してあるから、その時、千尋くんにたくさんサービスしてあげましょう」

「お昼はバーベキューなんですか⁉」

「麻里花ちゃん、お昼は私の奢《おご》りだからね」

「伶奈さん、ありがとうございます！　何から何までお世話になってしまって申し訳ないです」

上原が言うように、特に旅行前から遠山と上原は伶奈に良くしてもらっている。

「いいのいいの、楽しそうにしているみんなを見ているだけで、私も楽しいから」

本当にデキた人だと、今ここにいる全員が思っていることだろう。

しばらく海水浴を堪能した遠山たちはシャワーを浴び、ダイニングテラスに向かった。

ナガンヌツアーにお昼の軽食は含まれているが、伶奈がバーベキューを予約していたので、豪勢なお昼となった。

「ほら、千尋くん肉を焼くのはお姉さんに任せて、好きなだけ食べなさい」

　怜奈が焼肉奉行になり、肉をせっせと焼いて沖田の皿にどんどんと載せていく。

「れ、怜奈さん、ぼくこんなに食べられませんよ」

　女子より小食かもしれない沖田の皿は肉で山盛りになっていた。

「お姉さん、千尋はそんなに食べられないですよ。それに肉ばっかりじゃないですか。千尋は肉より野菜が好きなんですよ」

「あら、そうだったの？　さすが親友ね。千尋くんのことよく分かってる。じゃあ、代わりに肉は遠山くんと美香ちゃんが食べなさい」

「なんで私なんですか？」

「ほら、もっといっぱい食べないとね」

　怜奈は相沢の胸の辺りをチラッと見た。

「あ、怜奈さん、今、一瞬だけ胸を見てたでしょう⁉」

「美香ちゃん、気のせいよ。大きければいいってもんじゃないわよ」

「ああ！　やっぱり見てるじゃないですか⁉」

　――なんだろう……このメンツだとなぜか胸のことに話が逸《そ》れていくような……。

　それは遠山の気のせいではないだろう。なぜなら人並み以上の立派なバストの持ち主が二人もいるからだ。

「ふぅ……もう食べられない……」

遠山は膨れたお腹《なか》を擦《さす》りながら呟《つぶや》いた。

女子四人に男子二人で、そのうちの男子一人が小食であったため、全部食べ切ることができなかった。

「残してしまうのは忍びないけど、食べ過ぎて気分が悪くなっても困るからね」

怜奈の言う通り無理をすると帰りの船で気分が悪くなったりと、せっかくの楽しい旅も台無しになってしまう。だから、無理せず残す選択をしたのだ。

「さて……今から一時間ほど自由行動にしましょう。泳いでもいいし、島内を散策してもいいし、コテージで寝ていてもいいし、少しお腹が落ち着くまで休みましょう」

怜奈がスケジュール管理している御陰で、遠山たちは遊びに集中できる。怜奈様々《さまさま》である。

「怜奈さんはどうするんですか？」

上原が怜奈に目を向けた。

「私は食後のデザートを食べるから、しばらくここでお茶しているわ」

「怜奈さん、まだ食べるんですか？」

女性陣の中でも、一番量を食べたと思われる怜奈に相沢は驚きを隠せない。

「甘いものは別腹って言うでしょう？」

「姉さんは甘党なんだよ」

「ええ⁉　それでそのスタイルを維持してるなんて、何か秘訣《ひけつ》でもあるんですか？」

上原は気になるのか食い気味に目を輝かせながら、前のめりに質問をした。

「私も気になります」

相沢も気になるようだ。

「じゃあ、お茶でもしながらお話ししましょうか？」

「ぼくも興味があります。もう少し食べられるようにはなりたいんですけど、その辺も教えてもらいたいです」

上原、相沢、沖田の三人は伶奈の食の秘訣に興味があるようだ。

「佑希、一緒に島内を散策しない？」

高井は伶奈の話には興味がないようだ。

「そうだな……僕はダイエットには興味がないから高井と散策してくるよ」

かくしてお茶会組と散策組に分かれ自由時間を過ごすことになった。

遠山と高井が二人きりになることは、以前の上原なら気になったであろうが、先日気持ちを打ち明け、遠山を受け入れたことで気にならなくなったようだ。

島内を散策している遠山と高井は先ほど泳いだ浜辺と反対側の浜辺に来ている。そこではバナナボートが水上を走り、遠くの空にはパラセーリングをしている観光客の姿が見える。

「ああいうのも楽しそうだけど、のんびり海を眺めてる方が僕は好きかな」

「私もコテージで本を読んだりする方がいいかなって思う」

遠山の場合は、ただ単に準備をしたりするのが面倒なだけであった。

「海を眺めながら本を読むっていうのもいいね。何か本を持ってくればよかった」

海水浴に行くのに遠山といえども、わざわざ本を持ってくることはなかった。

「私は持ってきてるよ。でも今日は無理そうだから、また来る機会があればやってみたいね」

さすが本の虫、高井だ。どこにいても読書のことは忘れないようだ。さしもの遠山も本への愛は高井に負けるようだ。

その後、島内の施設を見て回り、ダイニングテラスから離れた場所へと進んでいった。

島内に緑はあるものの、遠山の背より少し高い草が生えているだけだった。両脇に小高い草が生えた小道を進むと、島の一部が盛り上がった場所に到着した。ここがナガンヌ島で一番標高の高い場所で〝標高八メートル〟という標識が立っていた。

二人は小山を登るが砂地なのでビーチサンダルでは登りにくい。遠山は高井の手を引き、なんとか頂上まで登る。

「おお、ここなら島の全貌が見えるな」

高い木がないので、わずか八メートルの高さでも三百六十度見渡すことができる。

「こうやって見ると、本当に細長い島だね」

一・七キロメートルの長さに対して幅が二百メートルしかないので、いかに細長いか分かる。

「見渡す限りの青い海に白い砂浜。こんな素晴らしい場所があるんだな。高井と知り合わなければここに来ることもなかっただろうな……」

高井とセフレの関係にならなければ、伶奈と知り合って高井と沖縄旅行に来るなんてことはなかっただろう。

「本当だね……過去のことって全てに意味があるんだね。だから……私は佑希と身体《からだ》だけの関係であったことを後悔はしていないよ」

セフレなんて公然とすることではない。でも、高井とそういう関係だったからこそ、今、この瞬間があるのだ。

「高井……」

その言葉に遠山は高井が愛《いと》おしくなり、今すぐにでも抱き締めたい衝動に駆られる。しかし、ここは身を隠す場所がない小さな無人島、湧き上がる愛おしさを抑え込むしか遠山にはなかった。

だから二人はみんなのもとに戻ることにした。

と思っているが、一度火が着いたら我慢できる自信がなかった。

「うん、そうだね……」

遠山も高井も、お互いに触れたい気持ちでいっぱいだった。二人はせめてキスだけでも
「高井、戻ろうか」


遠山と高井は伶奈たちのいるダイニングテラスへ戻った。

「散策どうだった？」

伶奈が二人に感想を求める。

「高井と標高八メートルの山を登ったよ」

遠山にはそれしか話せることはなかった。なぜなら他に何もなかったからだ。

「それだけ？」

「上原さん、本当に何もなかったよ。あったのは標高八メートルから一望できる、三百六十度パノラマかな？」

伶奈は遠山の言葉を補完して詳細を話した。

「まあ、海しかないからね。陸地は草しか生えてないし」

伶奈はナガンヌ島に来たことがあるようで、海以外は何もないことを知っていた。

「さて、もう一度海に入るけどみんなはどうする？」

「伶奈さん、今度はぼくも海に入ります。せっかく来たんだから一回くらいは泳ぎたいです」

沖田は日焼けするのは避けているが、短い時間なら大丈夫だと言っている。

「じゃあ、決まりだね。今度はみんなで一緒に入ろう！」

上原はそう言うと早足で、レストコテージへと向かった。遠山たちも上原の後に続いた。

「そういえば沖縄の海って潮の香りが全然しない気がするんだけど」

遠山が何を思ったのか、浜辺を海に向かいながら誰に言うともなく呟いた。

「ああ、確かにそうだよね。本島の乗船の時もあまり海っぽい匂いがしないなぁって思った」

相沢も遠山と同じことを思っていたようだ。

「あれかな？　海が綺麗《きれい》だからかな？」

「上原さん、確かにそうかもしれないですね。伶奈さん何か知っていますか？」

「う～ん……私も知らないなぁ。麻里花ちゃんが言う通り海が綺麗だからじゃないかな？」

さすがの伶奈もそこまでは知らないようだ。

その後、沖田にナマコを触らせたり、遊んでいるとキラキラした大量の何かが、水中を移動してくるのを遠山が水中ゴーグル越しに捉えた。

「み、みんなアレ見える？　なんかこっちに向かってくる！」

遠山が水中から顔を出し、近くにいた高井たちに呼びかけた。

遠山はもう一度潜り光る塊を観察した。海中を大量の魚がこちらに向かってくるのがはっきりと見えた。キラキラ光っていたのは魚の鱗《うろこ》だった。

「み、みんな魚だ！　それも凄《すご》い数！」

遠山はもう一度水中から顔を出し沖田たちに呼びかけた。それを聞いた沖田たちは、みんなして水中に潜った。

「ぷはぁっ！　佑希！　凄いね……本当に一つの塊でみんな一緒に移動するんだね！」

沖田が水中から顔を出した。少し興奮気味だ。

「なんか渦巻いてるみたいで面白かった」

「あれって大きな魚に追われてきたとかじゃないよね？　サメとか……」

面白いと言う上原に対し、相沢は怖いと言う。反応が三者三様で面白いな、と遠山は思った。

「ねえ、みんな聞いて欲しいんだけどさ、一つ分かったことがあるんだよ」

「何が分かったの？」

相沢が遠山に問いかける。

「さっき海の匂いの話したじゃない？　今、魚群が現れた瞬間に海中が生臭くなったんだよ。海の匂いってもしかして魚の匂い？」

突然何を言い出すかと思えば、遠山は海の匂いは魚の匂いだと言い始めた。

「そんなわけないと思うけど……いや……言われてみれば臭くなったような気がしないでも……」

最初は何を馬鹿なことを、と思っていた相沢だがよく考えてみると確かに生臭くなったような気がしないでもなかった。

「私も匂いが分かったよ！」

上原も匂いに気付いたようだ。

「ぼくは分からなかったなぁ……」

「私も匂いは分からなかった」

どうやら沖田と高井は匂いの変化に気付かなかったようである。

「伶奈さんは？」

匂った、匂わなかったは現在のところ三対二である。伶奈の一票で海の匂いの元が魚であることの可否が決まる。わけではないが、伶奈が匂いに気付いたのであれば勘違いではないだろう。

「私は分からなかったよ。気のせいじゃない？」

結局、三対三の同数であった。

海が匂うから魚が匂うのか、魚が匂うから海が匂うのか、鶏が先か卵が先かみたいな話になってしまった。

「そうかぁ……気のせいだったのかな？」

凄い発見をしたと思った遠山は少しだけガッカリしているようだ。

「それじゃあさ……遠山くんは大学で海洋学でも専攻してその謎を解明してよ」

伶奈がまたとんでもないことを言ってきた。

「いや、それに人生を懸ける気はないですよ……それにもう誰かが解明してるでしょうから」

もちろん、海洋学については冗談だろう。それに、インターネットで検索すれば、海の匂いの原因などいくらでも見つかるだろう。

「そろそろぼくは海から上がるよ」

海の中にいると実は結構日焼けする。沖田もそれを分かっているのだろう。

「じゃあ、私も一回上がってるね。あ、美香ちゃんも一緒に来てくれる？　日焼け止め塗って欲しいの」

伶奈が相沢に声を掛けた。

「遠山くんと麻里花ちゃんと柚実はもう少し遊んでいていいからね」

「はい、分かりました」

そう言って伶奈と沖田と相沢は海から上がって、レストコテージに向かった。


一度シャワーを浴び海水を洗い流した伶奈たち三人はコテージに戻った。

「じゃあ、美香ちゃん背中塗ってもらえるかな？」

伶奈はそう言うとおもむろにビキニのトップスの紐《ひも》を外し始めた。

「ちょ、ちょっと伶奈さん⁉　沖田がいるのになんで脱ごうとしてるんですか⁉」

「千尋くんなら見られてもいいかなぁって……」

「いや、全然よくないですから！」

相沢はガチギレだが、当の沖田は困り顔だ。

「沖田、悪いけどあっち向いててね」

相沢はうつぶせになった伶奈の背中に日焼け止めを塗り始める。

「ねえ、千尋くん、美香ちゃん、ちょっとお話があるの」

「何ですか？　改まって」

ふざけているかと思えば、急に真面目《まじめ》なトーンになった伶奈の変化に、相沢は何かあるのではと怪訝《けげん》な面持ちになった。

「今日ね、ナガンヌ島に泊まるのは遠山くんと麻里花ちゃんと柚実だけになったの」

「え……？　どういうことですか？」

「私たち三人はマンションに戻ります」

「そういうことじゃなくて、なんであの三人だけがここに泊まるんですか!?」

要領を得ない伶奈の返事に、相沢の語気が強くなる。逆に沖田は二人の話を黙って聞いていた。

「美香ちゃんは、あの三人の状況をどのくらい知ってる？」

「どのくらいって……麻里花と柚実が遠山のことが好きってことですか？　それ以外に何があるっていうんですか？」

相沢は高井が遠山のセフレであったこと、上原が遠山に抱かれたことはもちろん知らない。相沢がそのことを知らないのであれば、伶奈から全てを話すことはできない。

「千尋くんも美香ちゃんの言っていることには勘付いているよね？」

「はい、薄々は感じていました」

「昨日、私は遠山くんと話したんだ。遠山くんが二人をどう思っているのか、これからどうするのか。だから今日ここで三人には結論を出してもらいたいの」

「……別にそれを、ここに三人だけで泊まってする必要はないでしょう？　別に帰ってからでも……それに男女三人で泊まって間違いがあったら……」

「美香ちゃんが考えている間違いに関して私は心配していないわ。それを含めて三人には考えてもらいたいの。私たちが近くにいたら、三人とも本音で話をすることができないと思う。だから誰も邪魔の入らない、この無人島で三人だけの世界で語り合って結論を出して欲しいと思ってる」

「そんな……私は反対です。沖田もそう思うでしょう？」

相沢は沖田に同意を求めた。

「ぼくは……伶奈さんの意見に賛成です」

「なんで……沖田まで……」

「美香ちゃんは恋したことある？」

「……好きな人とかはいたことありますけど、それが恋と呼べるかどうかは……分かりません」

「恋って厄介なの。恋は盲目って言うでしょう？　恋をするとね、周りが見えなくなってそれ以外は考えられなくなるの。特にあなたたちのように若い子は。もちろん大人になっても同じように周りが見えなくなる人もいる。それだけ恋は人を狂わせる」

相沢は思い出す。上原の誹謗《ひぼう》中傷の事件、石山が自分の恋を成就させるために行った、遠山から高井を引き離す裏工作。そして高井が赤点を取った期末テスト。全てが、恋が元凶になっていた。伶奈の言っていることには納得せざるを得ない。

「あなたたちはこれから大学受験を控えている。あの三人がこのまま結論も出せずに引《ひ》き摺《ず》れば必ず影響が出てくる。だからって第三者が無理やり解決させたとしてもわだかまりは残る。だったら、自分たちで話し合って結論を出した方が納得できるのではないかと私は思う。私は遠山くんも麻里花ちゃんも柚実も信じている。だから私は三人が出した結論に異論はない。たとえ……遠山くんが柚実を選ばなくても」

玲奈は昨日、遠山から上原を抱いたと聞いた後、元々は二棟予約していたレストハウスの一棟をキャンセルした。つまりレストハウス一棟で三人宿泊することになる。全てを今日に懸けたのだ。

「玲奈さんが、そこまで覚悟を決めてしまったら、私は何も言うことができません……それに、恋が人を狂わせるということには同意します」

相沢は納得しているわけではない。だが反論して玲奈を納得させられる術《すべ》がないだけだった。

「ぼくも恋とかまだ分からないです……でも、佑希と上原さんと高井さんのことは信じています。もちろん玲奈さんのことも……だから反対はしません」

沖田もまた反対するに値する、何かを持っていないのだろう。

「分かりました……完全に納得したわけではありませんが、玲奈さんと遠山たち三人を止める術を持っていません。だから、私も全員を信用することにします」

相沢も全てを受け入れたわけではないが、伶奈の考えに一理あることを理解して納得がいかないことはあえて呑《の》み込んだのだ。

「美香ちゃん、千尋くんありがとう。私はこれから三人に説明するね。その間に二人は帰り支度をしておいて」

「分かりました、ぼくが三人を呼んできます」

そう言って沖田はレストコテージから出て三人が遊んでいる海へと向かった。

「え……？　お姉さんたちはマンションに帰るんですか？　だったら僕たちも帰り――」

「遠山くん、昨日私に言った言葉を覚えているよね？　それを今日、柚実と麻里花ちゃんに伝えなさい」

伶奈は遠山の言葉を遮った。そして遠山の目を見据えて、いつになく真剣な面持ちで遠山に最後の言葉を伝えた。

「分かりました……お姉さん、僕の背中を押してくれてありがとうございます。今日必ず結論を出してきます」

「あなたたち三人がどんな結論を出すのか私には分からない。でも……私はその結論を尊重します。二人のことを頼んだよ」

伶奈は優しい表情になり、遠山の肩を叩《たた》いた。

遠山と伶奈が話している間、上原と高井もシャワーを浴びて水着から洋服に着替え、船着き場の桟橋まで伶奈と相沢、沖田の三人の見送りに来ていた。

「美香、沖田くんまた明日……」

上原が少し寂しそうに手を振った。

「相沢さん、沖田くん、私たちのことで迷惑を掛けてごめんなさい」

「ううん、迷惑なんかじゃないから二人とも気にしないで」

「沖田くん、相沢さん、ありがとう」

相沢と沖田は二人に手を振り船に乗り込んだ。

「伶奈さん……何から何までありがとうございます」

「麻里花ちゃん、私はあなたたちの背中を少し押しただけ。だから自分の素直な心に従って。私が言えるのはそれだけ」

「柚実、あなたも自分の心の思うままに。私はいつでもあなたの味方だよ」

「遠山くん、私はあなたも、柚実も麻里花ちゃんも信用しているから。じゃあね」

伶奈も手を振り船に乗り込んだ。

第八話　終わりの始まり

遠山《とおやま》たち三人は船を見送った後、レストハウスに荷物を置きに行った。

レストハウスにはシングルベッドが三つ並び、テーブルが一つ備え付けてあった。そしてエアコンも完備されていた。

「エアコンまで付いてるんだ……」

上原《うえはら》が驚いているが、きっと初めて泊まる人はみんなそう思ったことだろう。

「ホントだ……自家発電装置があるんだな」

まさか無人島に来てこのような快適な部屋で過ごせるとは、さすがの遠山も思ってもみなかった。

「人気があるのも頷《うなず》けるね。姉さんがかなり前から予約を取っていたみたい」

「それは、みんなに申し訳ないことをしちゃったな……」

伶奈《れな》も相沢《あいざわ》も沖田《おきた》も楽しみにしていたことだろう。それを遠山たちのために諦めてくれたのだ。

そう考えると、さすがに三人とも申し訳ない気持ちでいっぱいになった。

「そういえば夕飯は何時からだっけ？」

「佑希《ゆうき》、十八時からって書いてある」

高井《たかい》が受付時に渡された案内の紙を見ながら教えてくれた。

「そっか、そろそろ時間だし行こうか」


「結構、人がいるね」

ダイニングテラスに到着した上原が周囲を見回しながら呟《つぶや》いた。家族連れやカップルなど、他の宿泊客で賑《にぎ》わっていた。

「またバーベキューか……」

昼に食べたバーベキューを再び食べることになり、遠山たちは苦笑した。

「宿泊の夕飯はバーベキューだってこと、伶奈さん忘れてたな」

それとも夕飯にも食べたかったのかは分からないが、伶奈らしくないミスだ。

「伶奈さんが、ミスするなんて珍しいね」

上原も同じことを思っていたようだ。

「姉さんも万能なわけじゃないから」

そう考えると完璧と思える人がミスをすると、親近感を感じるものだ。

「また残すことになりそうだね……」

高井が食べ切れないのではないかと心配そうにしている。

さすがに昼、夜とバーベキューを連続で食べるのは厳しいものがある。

「でも、お腹《なか》は空《す》いたから意外と食べられるかもよ？」

午後も結構泳いで体力を使ったからお腹は空き始めている。

「そうだね……僕も匂いを嗅いでたら美味《おい》しそうに感じてきたし、意外とイケるかも？」


「食べたぁ……」

結局三人とも残さず全部食べてしまった。

昼は沖田の分が余った感じだったが、夕飯では遠山が少し多めに食べたので完食することができた。

とはいっても遠山は残すのが嫌で、無理をして食べたようだが。

「遠山、大丈夫？」

上原が心配そうに遠山の顔を覗《のぞ》き込んだ。

「ん、まあ何とか……」

野菜は意外とお腹が膨れるので、高井と上原が中心に食べて、遠山がお肉をせっせと食べたことで食べ切ることができた。

「腹ごなしに島内の散策に行こうか。運が良ければウミガメの産卵も見られるらしいし」

遠山が調べたところ、遊泳禁止区域の砂浜にウミガメが現れることがあるらしい。

「そろそろ暗くなってきたしちょうどいい時間だね」

今、現在の時刻は七時半を過ぎたくらいだ。ほぼ日も落ちているので、砂浜に着く頃には完全に暗くなっているだろう。

「ところで、街灯なんかないだろうし真っ暗だよね？　どうやって移動するの？」

上原の言う通り、無人島に街灯などあるわけがない。昼間、遠山と高井が散策した時に街灯はなかった気がする。

「レストハウスに懐中電灯が設置してあったから、それを持っていけばいいんじゃないかな？」

遠山は出入り口付近に設置してあったＬＥＤの懐中電灯を思い出した。

「遠山、そうなると一回レストハウスに戻らないと」

一度レストハウスに懐中電灯を取りに戻り、再び外に出た頃には暗くなっていた。

「二人とも僕から離れないように。万が一はぐれた時、一応スマホのライトがあるとはいえ、それだけだと心許《こころもと》ないからね」

「うん、分かった。気を付ける」

上原の言葉に高井も無言で頷く。

レストハウスを出てウミガメが産卵に来るという浜辺まで、暗い中を両側に背丈ほどの草が生い茂った細い道を三人は歩いていく。

「ほぼ日は沈み切ったけど、思ったより明るいね」

上原が足元を見ながら呟いた。

「月明かりが思ったより明るいんだな」

四方が海に囲まれ、空気が綺麗《きれい》で高い遮蔽物がないからだろう。

「佑希、これなら懐中電灯だけで大丈夫そうだね」

遠山と高井は昼間に島内を散策して、頭の中にマップが出来上がっていたお陰でスムーズに遊泳禁止区域まで辿《たど》り着いた。

周囲を見渡すと人影はなく、付近には遠山たち三人以外の姿はなかった。

「ウミガメ見られるかなぁ？」

上原が期待に胸を膨らましている。

澄んだ空気の中、月明かりが海と砂浜を照らしている。遠山は砂浜から少し離れた位置を海岸に沿って歩いていく。

三人はいつしか会話もなくなり無言になった。波の音と砂地の地面を踏む音だけが周囲から聞こえる。その静かで柔らかい音は三人の心に安らぎを与えた。

そして歩くこと数分。遠山が懐中電灯を消し、突然足を止めた。

「佑希、どうしたの？」

高井が声を掛けると、遠山は口に人差し指を当て、声を出さずに「静かに」とジェスチャーし、砂浜の方に指を差した。

高井は遠山が指を差した方向に目をやると、そこにはウミガメが産卵している姿が目に飛び込んできた。

ウミガメの姿を確認した上原も驚きの表情を浮かべている。

遠山たちはウミガメに気付かれないように息を殺し、産卵を見守ることにした。

ウミガメは後ろ足で砂浜に穴を掘り、その穴に卵を一回に百個ほどを二時間くらいかけて産むらしい。

――まさか、実際に見ることができるなんて……他のみんなにも見せてあげたかったな。

遠山は自分たちのせいで、この光景をみんなで見ることができなかったことに、罪悪感を覚えた。

ウミガメは卵を産む時に涙を流すという話を聞いたことがあるが、この距離ではそれを確認することができない。しかし、産卵に遭遇できて遠山は感動に打ち震える。

両隣で静かに見守っている高井と上原も、この感動的な場面に二人とも心を打たれているのか、月の光で反射した瞳に涙を溜《た》め、目を潤ませている。

遠山たちがウミガメを発見してから一時間くらい経《た》っただろうか、ウミガメは産卵を終え海へと帰っていった。

「遠山……まさか本当にウミガメの産卵が見られるなんて、夢にも思わなかった……」

「すごく感動した……まさかこんな場面に立ち会えるなんて……」

上原も高井も感動の余韻が残っているのか、未《いま》だに目を潤ませていた。

「僕も……心にくるものがあったよ。こんな神秘的な出来事を、高井と上原さんと一緒に見ることができて本当に幸せだ」

「遠山……私もだよ」

「うん、佑希……私も……」

遠山はここで三人の気持ちが一つであることを感じることができた。

「上原さんに聞いて欲しいことがあるんだ」

「うん……」

遠山は全てを自分の口から話す覚悟を決めた。

「僕は二年生に進級してから間もなく、高井とセックスだけをする関係になったんだ。当時は僕も高井も人との関わりを面倒なものと考えていたから、高井がいれば何も必要ないって思い込んでいた。たぶん高井もそうだったんだと思う。お互いに都合の良い相手として傷を舐《な》め合っていただけだったと思う」

遠山がひと呼吸つくと高井が口を開いた。

「私はずっと自分の殻に閉じこもって、中学、高校と過ごしてきた。そうしている内に、存在感が希薄になっていったの。そんな時に図書委員だった佑希に『すごいたくさん本を読んでるよね』って言われて、私の存在をちゃんと分かってくれる人がいるんだって思えてすごく嬉《うれ》しかった。だから、佑希ともっと仲良くなりたくて、忘れてもらいたくなくて、私は部屋に呼んで佑希を誘った。それからというもの私は佑希に依存していったの」

高井が遠山との馴《な》れ初《そ》めを話し終えると再び遠山が口を開いた。

「そんな時にコンドームを買っているところを上原さんに目撃されたんだ。正直言うと当時は高井がいたから、上原さんには興味がなかった。なんか面倒なことになるのが嫌で正直避けていた。実際に倉島《くらしま》に絡まれたりしたし、嫌がらせもされた。でもＳＨＲで被害を訴えたことで、僕のことを認めてくれるクラスメイトも少なからず現れた。相沢さんにも認められて僕は嬉しかった」

遠山と高井、上原の関係が動き出し始めたのはその頃からだ。

続いて高井が語り始める。

「あの件を境に私は自分の本当の気持ちに気付いたの。私は佑希に抱かれている時こそ自身の存在を認めてもらっていると思っていた、だけど本当は違っていて、もっと単純なことだったんだ。私はただ単に佑希のことが好きだから抱いて欲しいんだって気付いた……いいえ、気付かされたの……上原さん、あなたに。佑希は上原さんのお陰で少しずつ変わっていった。私は何も変わらず、佑希を変えていった上原さんに対する、嫉妬と劣等感だけが残った。だから私は佑希を繋《つな》ぎ止めようとして、身体《からだ》を使って誘惑して、一緒にいるためのお金が欲しくてバイトに没頭し赤点を取った。だけど、それがキッカケで私は家族ともう一度やり直すことができた」

遠山と高井が一方的に話しているにもかかわらず、上原は黙ってそれを聞いていた。

「僕はその時には上原さんに心惹かれていた。明るくて前向きな上原さんに胸がドキドキした。たぶん、これが恋なんだなって最近分かったんだ。高井は僕に安らぎを与えてくれた。愛《いと》しいという感情を高井に抱いている。これが愛だと簡単に言えることではないけど。僕は高井と上原さんに違った感情を抱いてる。誤魔化《ごまか》すことはできない好きという気持ちを」

高井と遠山はようやく嘘偽《うそいつわ》りのない本当の気持ちを互いに伝えた。それを聞いた上原がようやく口を開いた。

「私は……高井さんから遠山との関係を聞いた時に、本当に悲しくて、切なくて辛《つら》かった。でも、それを聞いて遠山を諦めるどころか、より執着していった自分に驚いた。高井さんが『佑希は上原さんに惹かれている』って言ってくれたから、諦めるのはまだ早いって思ったんだ。それにね……私は高井さんのお陰で遠山と出会うことができたんだ。だって、遠山と高井さんの身体の関係があったからこそ、コンドームを買っている時に出会えたんだよ。あの時の出会いがなければ、私と遠山はこうやって一緒に沖縄に来るような関係ではなく、ただのクラスメイトだったと思う。高井さんと遠山の過去の積み重ねが、今の私に繋がっている。だから……私はこれを偶然ではなく、必然の運命だと思っている」

上原は高井と遠山がセフレであったことも、今に至るまでの積み重ねの一つであり、必要なことだったと暗に言っている。

「上原さんの存在がなければ、私が家族と再び話し合うこともなかったかもしれない」

高井は家族と再び分かり合えるキッカケが上原であり、これもまた今に至るのに必要なことだと思っていた。

「僕と高井の中心にはいつも上原さんがいたんだ。僕たち三人の過去の積み重ねがあって、今の僕たちがある。だから……僕は、これからも三人で〝今〟を積み重ねていった先に何があるのか知りたい。お姉さんは破滅かもしれないと言っていた。僕たちは普通じゃないとも言っていた。その通りだと思う。僕たち以外の人にこの話をすれば間違いなく『お前たちはおかしい』と言われるだろう。だけど……それでも……僕は三人で積み重ねた先にある、行く末を知りたい」

遠山はボディーバッグから三つのラッピングされた小さな袋を取り出し、上原と高井に渡した。

「開けてみて」

遠山は二人に中身を確認するように促した。

「ブレスレット……？」

先に高井が袋を開けた。

「これって……もしかして……？」

遠山が二人に渡したのは、上原が欲しいと言っていた、マクラメ編みにホタルガラスの付いたブレスレットだった。

「そう、上原さんが欲しがっていたブレスレットだ。もちろん僕の分もある。高井と上原さんも僕と同じ気持ちでいるのなら、三人一緒に〝今〟を積み重ねた行き着く先を知りたいなら着けて欲しい。もちろん誰から外しても構わない。その時が僕たちの行く末だよ。つまり今がその結末の可能性だってある」

始まりがあれば終わりは必ずくる。いつまで三人がブレスレットを着け続けるかは分からない、三人を繋げるこのブレスレットはある意味呪いのアイテムだ。

最初に遠山がブレスレットを身に着けた。そして二人も迷わずにブレスレットに手を通す。

この呪いのアイテムを躊躇《ちゅうちょ》なく身に着けた三人は、間違いなく壊れているだろう。だが三人には後悔はなかった。これを身に着けたことで、自分の運命をお互いに委ねる共依存の関係ができあがった。

遠山たち三人は、一つになり同じ方向へと進み始めた。

「そろそろ戻ろうか」

ブレスレットを着けた三人は、これ以上お互いに確認し合う必要はなかった。

レストハウスに戻った三人は、シャワーへ向かった。

「夜の時間はシャンプー類が使えるんだね」

「水だけだと髪の毛がバサバサになっちゃうからどうなることかと思ったよ」

更衣室前で先にシャワーを浴び終えて待っていた遠山に、高井と上原が声を掛けた。

「環境にやさしい天然素材のシャンプーみたいだよ。なんでも自然に分解して水を汚染しないとかなんとか」

「昼間も使えればいいのにね」

「上原さん、たぶん昼間みたいに大勢の人が大量に使うとやっぱり海が汚れるんじゃないのかな？」

「それはそれで困るから仕方ないいか。こんな綺麗《きれい》で素敵な島がなくなったら嫌だもんね」

「佑希、また汗をかく前にレストハウスに戻ろう？」

「そ、そうだな、これでまた汗かいたら元も子もないもんな」

三人はレストハウスに戻り各々のベッドに横になった。

「明日は泊港まで伶奈さんたちが迎えに来るんだよね？」

「そうだよ、上原さん。そのあと、マンションに置いてきた荷物を回収して、そのまま空港かな」

「佑希、あっという間だったね。もう明日帰るなんて。なんか寂しいね……」

三人にとって沖縄で過ごした時間はあっという間だった。

「来年は大学受験でそれどころじゃないだろうし、次は卒業旅行とかかな？」

「その時も三人一緒に行こうね」

「そうだね、上原さん」

しかし遠山も上原も高井も先のことなど分からない。それでも今の三人はずっと一緒にいられると信じて疑わなかった。

「佑希、上原さん電気消すね」

「おやすみなさい」

三人はベッドの中で、これが夢でないことを願って眠りについた。

翌日、伶奈《れな》たちと無事合流した遠山《とおやま》と高井《たかい》と上原《うえはら》は、マンションに置いてた荷物を回収し空港に向かった。

「昨日ね、ウミガメの産卵が見られたんだよ！」

嬉《うれ》しそうに昨晩の出来事を、相沢《あいざわ》と沖田《おきた》に語っている上原はいつもと同じ陽気で明るいままだ。

かたや、高井は出発ロビーのベンチに座り読書に興じている。上原も高井もいつもと変わらず、今までと同じように過ごしている。

「それで遠山くん、ちゃんと話はできたのかな？」

みんなから少し離れた場所で遠山は伶奈に昨晩の報告していた。

「はい、二人には全てを話すことができました」

遠山の望みを伶奈は知っている。だからそれを二人が受け入れたのか、それとも受け入れなかったのかそれだけが知りたかった。

「麻里花《まりか》、そのブレスレット、柚実《ゆみ》とお揃《そろ》い？　いつの間に買ったの？　っていうか私の分は？」

相沢たちの会話が伶奈の耳に入ってきた。

「ブレスレット？」

その言葉を聞いた伶奈は、昨日まで手首になかった、ブレスレットを遠山も着けているのを見て全てを悟った。

「そう……二人とも受け入れたんだね」

伶奈の胸中は複雑であった。普通ではないと言い切ったことから、これから三人を待ち受けているのは困難なのではないかと思っている。自分にはもっと何かできたことがあるんではないだろうか、と思わないでもなかった。しかし、三人の判断に任せた以上、もはや何もできることはなかった。

「はい……お姉さん本当にありがとうございました。沖縄旅行もそして昨日の計らいも感謝しています」

「覚悟を決めたなら仕方がないかな……水族館で私が言ったことを努々《ゆめゆめ》忘れないで欲しい。私からはそれだけかな」

「肝に銘じておきます」

「それじゃあ、遠山くん、そろそろ出発ゲートに向かうとしますか」

「はい、お姉さん」

遠山と高井と上原は仲良く並んで出発ゲートへと向かった。その三人の手首には同じブレスレットの石が光を反射し輝いていた。

沖縄の空に、遠山たちを乗せた飛行機が飛び立った。

その青い空は、若い三人の未来の可能性と同じくらい大きくて、澄み切った青春の色だった。

むらさき芋
本舗

あとがき

I am boring, but my classmates do not know what I am doing in your room.

二巻の発売から半年ぶりになります。読者の皆様、お元気ですか？　ヤマモトタケシです。

三巻もお手に取っていただきありがとうございます。

こうして三巻を発売することができ、皆様にもお会いできて大変嬉《うれ》しく思います。

あとがきに若干のネタバレを含みますので、まだ本編をお読みでない方はお気を付けください。

今回は物語の後半から沖縄へと舞台を移しますが、沖縄旅行は『シてしら』で書きたいエピソードの一つでした。

昨年（令和四年）の夏に取材旅行と称して（本当は作者が遊びたいだけ）沖縄旅行を計画していたのですが、運の悪いことに台風で二度延期になったあげく、中止になるという残念な結果になってしまいました。

沖縄好きの私は過去に何度も沖縄へ旅行している（十回くらい？）ので、思い出しながら書きました。

ただ、新型コロナウイルスが流行してからは四年ほど沖縄に行っていないので、当時と今では状況が変わっていて色々と違う描写があるかもしれませんが、そこはフィクションとしてお読みください。

作中で遠山たち一行が、しゃぶしゃぶを食べたお店は実際にあります。本当に美味しいお店で、私が沖縄に行った時は必ず立ち寄っていました。店名は出せませんが、作中の描写を参考に検索すれば見つかるかもしれません。沖縄に行った際には是非お立ち寄りください。

それとA&Wというファストフード店が登場しますが、こちらは実在するお店で名物のルートビアが有名です。このドリンクは薬屋の店員が病弱な友人の健康を気遣って作ったという、薬草が十種類以上も調合されたドリンクで、作中で遠山たちが揶揄したように湿布の香りがする変わった飲み物です。沖縄以外で飲むには物産展や輸入雑貨のお店で売っていることがありますので、興味がある方は一度お試しください。クセになりますよ?

他にも沖縄には独特なお店も多く、作中で書きたかったのですが、全てを書いてしまうとグルメ小説になってしまい、本筋から外れてしまうので諦めました。しかし、店舗特典のSSで書きましたので、特典情報をチェックしていただければ幸いです。

続いて三巻の内容に少し触れたいと思います。

読んでいただければ分かるように『シてしら』は三巻で物語が一区切りとなります。

私は『シてしら』を執筆するにあたって、「負けヒロインと明らかに分かるキャラを出さない」と決めていました。読者の皆様は二巻まで読んでも高井、上原のどちらを遠山が選ぶのか分からなかったと思います。

ヒロインの高井、上原の両方にファンがいて、各々のファンが自分の推しが選ばれて幸せになって欲しい、という願望があったと思います。二巻までの感想の中には高井と上原のどちらを選んでも、また、遠山が二人とも選んでも納得できる理由があればそれでよい、という意見もありました。

読者の皆様にとって納得できる結末でありましたでしょうか？

遠山が出した答えに賛否両論はあると思います。

しかし、これは遠山、高井、上原の三人が出した答えです。この三人の選んだ道は波乱に満ちた、険しい道程になることは容易に想像できます。読者の皆様におきましては、心の中で三人の応援をしていただけると幸いです。

ここからは謝辞を述べさせていただきます。

今回、原稿の提出が大幅に遅れたため、関係者各位には大変ご迷惑をお掛けいたしました。特に角川スニーカー文庫編集部、担当のナカダ様におかれましては、締め切りが間近に迫り胃の痛い思いだったと思います。また、原稿が押してしまい、イラスト担当のアサヒナヒカゲ先生の作業期間が、タイトになってしまったことをお詫びいたします。

最後に、三巻まで書籍を購入して読んで応援をして下さった読者の皆様、初めての書籍を執筆するにあたり、右も左も分からなかった私にアドバイスをして下さった担当編集のナカダ様、素晴らしいイラストを描いていただいたアサヒナヒカゲ先生、そして刊行するにあたり尽力していただいた関係者全ての皆様にお礼を申し上げます。

いつかまた、読者の皆様に会えることを楽しみにしながら、あとがきを終えたいと思います。

本当にありがとうございました！

ヤマモトタケシ

追伸
『月間コミック電撃大王』にて、ももずみ純先生のコミカライズが連載中です。是非こちらもよろしくお願いいたします。

冴《さ》えない僕《ぼく》が君《きみ》の部屋《へや》でシている事《こと》を
クラスメイトは誰《だれ》も知《し》らない3

著　ヤマモトタケシ

角川スニーカー文庫　23613

2023年４月１日　初版発行

発行者　山下直久

発　行　株式会社KADOKAWA
〒102-8177 東京都千代田区富士見2-13-3
電話　0570-002-301（ナビダイヤル）

印刷所　株式会社暁印刷

製本所　本間製本株式会社

Printed in Japan　ISBN 978-4-04-113545-7　C0193

★ご意見、ご感想をお送りください★
〒102-8177 東京都千代田区富士見 2-13-3
株式会社KADOKAWA　角川スニーカー文庫編集部気付
「ヤマモトタケシ」先生「アサヒナヒカゲ」先生

角川文庫発刊に際して

角　川　源　義

第二次世界大戦の敗北は、軍事力の敗北であった以上に、私たちの若い文化力の敗退であった。私たちの文化が戦争に対して如何に無力であり、単なるあだ花に過ぎなかったかを、私たちは身を以て体験し痛感した。西洋近代文化の摂取にとって、明治以後八十年の歳月は決して短かすぎたとは言えない。にもかかわらず、近代文化の伝統を確立し、自由な批判と柔軟な良識に富む文化層として自らを形成することに私たちは失敗して来た。そしてこれは、各層への文化の普及滲透を任務とする出版人の責任でもあった。

一九四五年以来、私たちは再び振出しに戻り、第一歩から踏み出すことを余儀なくされた。これは大きな不幸ではあるが、反面、これまでの混沌・未熟・歪曲の中にあった我が国の文化に秩序と確たる基礎を齎らすためには絶好の機会でもある。角川書店は、このような祖国の文化的危機にあたり、微力をも顧みず再建の礎石たるべき抱負と決意とをもって出発したが、ここに創立以来の念願を果すべく角川文庫を発刊する。これまで刊行されたあらゆる全集叢書文庫類の長所と短所とを検討し、古今東西の不朽の典籍を、良心的編集のもとに、廉価に、そして書架にふさわしい美本として、多くのひとびとに提供しようとする。しかし私たちは徒らに百科全書的な知識のジレッタントを作ることを目的とせず、あくまで祖国の文化に秩序と再建への道を示し、この文庫を角川書店の栄ある事業として、今後永久に継続発展せしめ、学芸と教養との殿堂として大成せんことを期したい。多くの読書子の愛情ある忠言と支持とによって、この希望と抱負とを完遂せしめられんことを願う。

一九四九年五月三日

時々ボソッと
ロシア語でデレる
隣のアーリャさん
Милашка❤
story by sun sun sun
illustration by momoco
燦々SUN
イラスト ももこ
ただし、彼女は俺が
ロシア語わかる
ことを知らない。
特設
サイトは
▼こちら!▼
スニーカー文庫

転校先の清楚可憐な美少女が、
昔男子と思って一緒に遊んだ幼馴染だった件
Hibariyu
雲雀湯
illust
シソ
重版続々!!
元"男友達"な幼馴染と紡ぐ、
大人気青春ラブコメディ開幕!
作品特設サイト
公式Twitter
7年前、一番仲良しの男友達と、ずっと友達でいると約束した。高校生になって再会した親友は……まさかの学校一の清楚可憐な美少女!? なのに俺の前でだけ昔のノリだなんて……最高の「友達」ラブコメ!
スニーカー文庫

彼女が先輩にNTR《ねとら》れたので、
先輩の彼女をNTR《ねとり》ます
一緒に浮気《しかえし》しましょう?
震電みひろ
illustration
加川壱互
大学一年生一色優は、彼女のカレンが先輩の鴨倉と浮気している事を知る。
衝撃のあまり、鴨倉の彼女で大学一の美女・燈子に「俺と浮気して下さい!」
共犯関係から始まるちょっとスリリングなラブコメ、スタート!?
スニーカー文庫

君の紡ぐ物語で
世界を変えよう。
第29回
スニーカー大賞
作品募集中!
大賞 300万円
+コミカライズ確約
金賞 100万円
銀賞 50万円
特別賞 10万円
締切必達!
前期締切
2023年3月末日
後期締切
2023年9月末日
詳細は
ザスニWEBへ
https://kdq.jp/s-award
イラスト/左